不想温柔

虞绮莲著

上海三联书店

特别感谢上海茂晶实业限公司

走好生命中的每一步
点亮生命中的每盏灯

王铁龙

题字：王铁龙——上海音乐家协会合唱专业委员会秘书长

合唱积累感悟动人无比

生活尽情挥洒美妙无比

赵静题

王自立书

赵静——上海真新文体中心主任
王自立——上海真新新韵合唱团常任指挥

心中有盏明亮的灯

——读《不想温柔》

马立群

作者用一生自强不息的真实记录，成就了《不想温柔》这部作品。她记录过往怎么接受、怎么追求爱情，热爱生活；记录怎么向往美好，挑战艰难；怎么热爱生命，感恩今天。这样的记录坚持了几十年，把所存的记载串起来，就自然的、原汁原味地表现了上世纪 60 年代以来，风风雨雨中的一个很典型的人物性格，一个聪慧美丽的女强人形象，披露的感情也跌宕起伏，非常细腻。从作品反映的内容看，客观上它很完美地表现了人性——几乎没什么修饰，写得直白，写得很精彩。

一

作者自小喜欢记录，"经常，身边正在进行着的事情，会默默地看着，脑子里就会不由自主地想着怎么用文字来描述眼前的一切"。后来，接踵而来的困苦、短暂的惊喜一拨又一拨地冲击了原本平静的心灵，她又不愿跟别人诉说，于是自己评判是非，自己选择和肯定人生的价值。几十年蹉跎岁月里，记录自己便成为习惯，成为一种需求。

这些面对现实生活的记录，是她选择、提炼生活的结果，没有虚构成分，而且迸发了思想的火花。"记录"时，作者很自然地采用一些简洁的文学修辞手法，例如："年代久远的天主教堂，殿堂宏伟，它像是硕大的历史坐标，矗立在胶州路余姚路口。那五彩斑斓的玻璃窗，闪烁着异国的风情"；"难道我们的青春就该如此，不容选择？我欲哭无泪，我心如刀割，我泣诉无门，啊啊啊！"；"我逆光望去，感觉到一个硕大的影子越来越近地遮过来、罩下来，那是一个挺拔匀称的体型投影！"；"我瞪他：'你好象管不着！'接着走。那破轴声继续跟着"；"朦朦胧胧中，首先能动的是眼睛，慢慢睁开，看到了那淡淡的蓝，有声音在说：'醒了醒了！'浅浅的粉红飘过来问我'想起什么了吗'？"优美的叙述,感情真实,为人物事件的出现,铺垫或烘托了五彩斑斓的时间空间,同时又散发出浓郁的生活气息,因此我读它时琅琅上口,有节奏感,感到是在享受一种艺术。

这些记录以随笔方式写成,生活随笔、心情随笔的交叉与结合,构成整部作品。里面的27份记录,原本有各自独立的框架和审美内涵,而我阅读时不知不觉把它当作小说在欣赏了。她反映那个特殊年代,自己从中学生的少女情怀到对爱情的纯真追求;从北大荒"知青"岁月到返城后艰苦创业;又从迎接幸福生活到前后两次与癌症搏斗;从康复出院到参加合唱团讴歌新时代,写得铿锵,写得可歌可泣,令人动容,催人振奋。

《不想温柔》的"后记",我是后来才看到的。"后记"中说,当初写那些文字记录,"犹如投入一个事先毫不知晓的五味瓶——事情欢快的,我畅然;经历蹉跎的,我唏嘘!"如今"我的整理,仍忠实自己的原来;"在文字集合的敲击过程中,经常回首、回味,常常窃笑,简直不敢相信这就是自己;又几番落泪,几番悲痛欲绝,不能自已……!"我很惊讶,读她的作品,心中的感受和情绪的起伏,竟然跟她在"五味瓶"里的心情变化一样;一部如此别样的随笔结集,将几十年生活和心境的原生态端给读者,竟然能给人这么连贯的强大影响力,它的感染力度以及传递的人生感悟,亦即人们经常提到文学作品反映生活的真实和思想深度,当下许多一般的小说、散文也许都难以比肩。

二

作者虞绮莲女士是二十世纪70年代奔赴黑龙江建设兵团的"知青",有人将她的《不想温柔》归类到"知青文学"。这样的划分,还待商榷。作品强有力的推手——热心公益、慈善活动的上海市茂晶实业有限公司总经理钱兵先生就曾对我大声疾呼:"虞绮莲的书稿有许多正能量,我们应该竭尽全力去宣传,去推广!"他说,他的挚友、一个事业正蒸蒸日上的优秀企业家,两星期前还在一起在畅谈今后怎么继续创业,几天前却突然被癌症夺走了年青的生命,他扼腕心痛;他知道有许多患者其实不是病死而是被病吓死的。当他了解到神采奕奕的虞绮莲在过去六七年时间,凭热爱生命的坚强意志两次抵抗了癌症,很激动,觉得虞绮莲的事迹、经验应该总结。很显然,这些内容不是"知青文学"所能涵盖的。

虞绮莲已经走过的几十年,活得很精彩,同时又很平凡。她没有惊天动地的豪言壮语,没有像黄继光堵枪眼,向秀丽扑火保护国家财产那样轰轰烈烈的壮举,但她到哪个工作岗位,哪个岗位就有欢乐,在那里她几乎都获得了奖状、荣誉。她有优点,也有缺点,是一个和大家一起活跃、生活在社会底层的"小人物"。《不想温柔》

揭示的正是这个小人物平凡中的不平凡,完美地表现了千千万万普通老百姓所具有的、而又不被很多文学工作者关注的人性。它使我想起鲁迅《一件小事》中颂扬的人力车夫的高尚心灵,想起了白居易《卖炭翁》中表现劳动人民为生存而付出的万般艰辛。鲁迅、白居易写的是别人,虞绮莲记录的是自己;这里我不去横向纵向比较,只是讲同样的倾向——写普通老百姓。

莫言的小说获诺贝尔文学奖后,更多的人开始关心作家描绘普通老百姓的人性,关心普通老百姓的生存状况——他们的愿望、智慧,他们的喜怒哀乐和他们的悲欢离合。因为,这样的作品是可以挖掘出更多震撼人心的人物性格、故事和场面,更久远的审美愿境,可以带给人们切切实实的争取更美好明天的原动力。虞绮莲是只拿到初中毕业文凭的女生,几十年来也这样自觉不自觉地朝这个方向努力,真让人刮目相看。她取得成绩,凭的就是她对生活对生命的挚爱,凭的是几十年如一日的坚持和持之以恒的学习;凭的是写作的坦荡、纯粹,没有娇柔造作,所以有魅力。我相信,了解她的读者会有同样的感受。

三

作者介绍,在整理几十年记录时,她竟然看到一个从几十年蹉跎岁月中走过来的、面目比较齐全的自己,因而更明白了自己的一生。这让我想起最近中纪委网上公布的落马贪官的悔罪情况,其中有个腐败分子,看了纪委摊开的他前后违法违规的全部事实材料,终于惊醒,说这是他"第一次"发现多年来的自己竟然如此,而且简直不敢相信那是他自己;懊悔了,痛恨不已,感谢组织上把他从犯罪的道路上拉回来,挽救了他。落马贪官"第一次"发现自己变了,说明他的心原来一直在黑暗中,他看不到自己,犯了罪也是纸醉金迷浑浑噩噩,活该!虞绮莲说,她看到了自己几十年的坎坷,无怨无悔。因为她一直在眷顾自己,看着自己走路;她心里有一盏点亮的灯。

现在很多人为她叫好,归根结底就是她心里有这样一盏点亮的灯,亮堂堂。

我和虞绮莲是初识。前不久遇见她,问她几十年的记录怎么坚持,问她追求的生活目标是什么。她在纸上写了两行字:"人格的魅力"、"高贵的灵魂",说自己一直在追求,"可也一直在琢磨,这'人格的魅力',好象是领导者身上形成,老百姓谈不上。'高贵的灵魂'好象是养尊处优者嘴上谈论的。""你能解释清楚吗?"——虞绮莲问我。因为题目太大,当时没深入探讨。

一个人的性格、气质、能力、道德品质,能产生吸引人的力量。这人格的魅力其实不仅在领导人身上能反映出来,在普通人身上也可以有生动体现的。当年知青返城,虞绮莲原本可以顶替父亲的工作回上海,前提条件是要和李金石离婚。那时很多已婚知青都是这么干的。可是，虞绮莲信守诺言，和丈夫——一个东北汉子仍然在那里生活，相亲相爱。李金石也和她相濡以沫；虞绮莲后来两次患癌症，李金石坚定不移地支持妻子顽强抵抗。应该说，这些都是人格魅力所促成。虞绮莲患癌症，偏偏老母亲急性胆囊炎发作，送医院急诊室，被留住打滴治疗，并要有家属陪护。虞绮莲想到弟弟妹妹住得很远，儿子工作重要；当家的男人没法近身伺候老太，就艰难挺身担当了，她夜伴在观察室，没地方躺，就斜靠着，而那天她得接受第五轮化疗的注射。有人说这是爱情、亲情、友情，可又有谁真正明白，爱情、亲情、友情的维系和发展，其实都是人格的魅力在发生作用。

　　虞绮莲讲的"灵魂"，我理解就是人的思想意识。现实生活中，有的人被大家责骂"灵魂肮脏"，意思也是指这个人思想意识不好、行为卑鄙。思想意识好，"灵魂"就干净、高尚。养尊处优者阔谈"灵魂高贵"，我想，他（她）自己的灵魂不一定高贵，表现出的不屑一顾也往往是故作姿态。在今天，"人格的魅力"、"高贵的灵魂"其实并非是"头上有光环的人"的专利。亿万百姓中，具备"人格魅力""高贵灵魂"的，大有人在。作品《不想温柔》也涉及这个话题，例如作者去"农家乐"，她"望着密密的竹林正默默无闻地日夜守护着这方水土，想着一旦有人召唤，它们又都会奉出所有的，便肃然起敬"；回想当初艰苦创业时的遭遇，她说这种高山仰止的心情，"与我平时在人潮人海里、亲戚圈、朋友间领教的那些自私自利的唯我独尊相，那些贪利忘本的一场场计较，那一幕幕不堪遭遇后的所产生的心绪，形成强烈对比，对眼前所见于是有了前所未有的亲近"。更让我感慨的是作者年轻时少不更事，常常说："若在旧社会，共产党我拥护，但是我不加入，——因为怕痛，让反动派抓住了，一定撑不住严刑拷打，一定成为叛徒，不如就心里拥护着吧。"因为这句话，任凭在单位工作出色，又上报纸又上电视台的，这党组织愣是从来不找我，肯定是怕我玷污了！后来想想，这的确是句大实话，能想能说；现在看看，我是低估了我的耐受力，有点后悔年轻时的冒失！也许严刑拷打真就不过如此吧！那年月一句玩笑会葬送很多的可贵机会的，反正是再也收不回来。"虞绮莲怎么想就怎么说了，灵魂纯真，很坦荡。我看当下有些入了党或正争取入党的，灵魂不比虞绮莲高尚，这些人的誓言往往言不由衷，用他们自己的话讲是"为了获得一张'党票'"，今后也许能飞黄腾达。这几天，我脑海里有了一个挥之不去的情结：几十年后的今天，倘若虞绮莲郑重其事地向党组织提出她的入党申请，我们的党组织会怎么考虑呢？

　　我喜欢读这部《不想温柔》，作品让我有了很爽快的感受。我渴望以后的文学作品能反映更多、更好、更优秀的"虞绮莲"。

序一

王慧兰

上海《现代家庭》杂志社编辑

认识虞绮莲真是一个美好的缘分，她是我们众多读者中的一员！

那天，我在杂志社坐班，接她来电说想投稿，说自己的经历不是一般的坎坷……说实话，这样的电话我们每天要接 N 个，听 N 番有故事的话，但实际上，大部分人的故事并没有达到杂志可以报道的水平。所以，不了了之的很多。按照惯例，我给了虞绮莲一个工作的 QQ 号。

出乎我意料，大概只过了 10 来分钟，她就加上了我的 QQ 号，这种对电脑熟悉的程度对一个 60 多岁的退休阿姨来说，真的挺难得。在之后的交流中我才知道，虞阿姨不仅能用 QQ，还会写博客，玩微信，其实，她就是个眼下的时髦婆婆！

那篇《和空姐在一起生活的日子》的来稿，直接就把我逗乐了，她把和儿子媳妇同住的日子写得有声有色，处处都有让人会心一笑的细节。她充分体谅年轻人的生活方式，充分了解空乘工作的特殊性，全力以赴地做好后勤工作。让孩子们气宇轩昂地在航班上为乘客们服务，做好工作！常常，儿媳妇的航班一落地就能收到她的问候短信，这样贴心的婆婆哪里去找呢？

　　当天下午，我坐在电脑前一口气翻看了虞绮莲的所有博客，然后直接在 QQ 上约了跟她的采访。她的人生经历正符合我们杂志的报道要求——传奇。

　　虞绮莲是 69 届的上海知青，17 岁时去黑龙江建设兵团开始知青生涯，天寒地冻，辛勤劳作。1973 年的春末夏初，她在女战友的介绍下，认识了李金石。一个是上海的知青，一个是当地的齐齐哈尔人，地域上的悬殊让他们的这段恋情变得更加令人遐想。这在虞绮莲的博文里都有体现。最后，李金石用一个亲手制作的精致的木箱子征服了未来的岳父岳母，也征服了虞绮莲一颗细致的女儿心……让人不禁为那个时代纯朴的婚恋观点赞！不久，知青返城的大潮汹涌澎湃，虞绮莲原本也有机会可以顶替父亲的工作回上海，可前提条件是要和李金石离婚。当时有很多知青都是这么干的。可是，虞绮莲没有犹豫，直接选择和心爱的人共同生活。三口之家的小日子过得舒心又快乐。

　　1992 年，知青子女返沪政策一出台，虞绮莲考虑到儿子的将来，还是狠狠心把 14 岁的儿子送到了上海的妹妹家生活。从此就是母子相隔千里，一个在北，一个在南。有一次，虞绮莲回上海看儿子，儿子正值青春期，心理上更期望妈妈守在身边。她心里特别难过，就产生了要回上海，陪儿子一起生活的念头……

　　随着她的先行返沪，爱人也适时从齐齐哈尔奔向沪地，阖家团圆，创业有声有色，安家停停当当。2002 年，买了新房，给儿子办了风风光光的婚礼。原来以为生活到了享福的时候，不料老天却在此时给了虞绮莲当头一棒。她在医院被确诊为乳腺癌的那天，整个人如五雷轰顶、两腿发软……好在，她还是乐观坚强的，在李金石的全力呵护下，她经历了化疗、手术、再放疗的过程，那是她人生中最难熬的日子……

病情稳定后的虞绮莲闲不住，生意不能再做了，那就开心地加入自小喜欢的唱歌活动吧！她热情地投入到社区里的志愿者工作，参加了所在街道的合唱团，每天忙忙碌碌唱唱跳跳，整个人的精气神都回归了，还尽力帮忙带孙子干家务，感恩爱人的照护，感恩孩子们的孝道，期望安逸生活从此起航……

谁都想不到，6 年之后，病魔又一次找上门来。2012 年年底，虞绮莲的另一侧又被查出了乳腺癌，她的心真是悲凉无比，想不通自己的命啊为什么会如此艰难？……可是病还得治，生活还得过。在李金石的陪伴下，她再次去了肿瘤医院，耗时一年，虞绮莲又打了一遍三大战役，经受了常人不可想象的煎熬！日子不快不慢，2014 年初，虞绮莲终于重又回到合唱团，挺立在姐妹们中间，继续唱她那首不屈的人生之歌……

这就是虞绮莲的人生片段，起起伏伏四十多年的故事摘要，她用快速又高亢的语调和我说了两个多小时。没有抱怨，没有哭诉，说到动情的地方，她会拉着我的手，我感受到的是乐观、坚强和感恩！充满坎坷的人生路，虞绮莲一步步走来，都贯穿着她的大智慧和大气概！她的文章里所记录的朴实动人的一篇篇生命感悟，很值得我们学习！

　　谢谢您，虞阿姨，这是一次愉快的采访，您让我感慨良多……

　　作为"特别推荐"，我的采访稿件刊登在 2015 年 6 月号《现代家庭》的头版位置，特别推荐给了广大读者……

　　听闻虞阿姨想把自己的所有经历和感想，汇聚成书，我佩服她，支持她，特意为她写下了我第一次命题为"序"的文字，以此为她骄傲，为她喝彩！

　　　　　　　　　　　　　　2015 年 9 月 16 日

序二

夏吉民

上海交通大学老教师实验合唱团常务副团长

知识青年——建国二十年前后一个特殊的时段里产生出来的一个群体。"知青"这个称呼，已经是这个群体永远闪光的代号。

当年，他们是一群应该在校园里继续就读深造的半大孩子，她们是一群应该在父母羽翼呵护下等待长成的心肝宝贝。可是，他们遭遇了特殊年代的时事变故；她们终止了正常轨道的正常人生，小小年纪背负着祖国的重托，背负着社会的期望，背负着难言的尴尬……，大旗一挥——知识青年上山下乡，接受贫下中农的再教育！将近三千万的青年大军离开城市，告别校园，离别父母，远赴他乡……红旗挥处，洪流滚滚，投身生产建设兵团，插队人民公社，落户贫瘠山村……

几十年过去了，当年的这些孩子们如今何在？何变？何况？何样……

还好，还好，我们看到了他们这个群体中各式各样的人文具象；还好，还好，我们看到了她们历经艰难后依旧不变的青春向往……！他们很多人回城了，比城市里的同龄人多了何止是几许的坎坷；她们年过半百，样貌已经很老了，比城市里的同龄人多了何止是几许的沧桑。但是，几十年里异地他乡，知青们所经受的磨砺和奋然，后来又面临、经历几多回城的波折，蹉跎岁月里历练的昂扬人生观，却是久居城市纵享繁华的人们所不能理解而无法企及的！

本书作者虞绮莲——我的好朋友，便是当年知青浩荡队伍的一员，便是当时苦难岁月的实践者……她的由远及近的一篇篇描述，让人们看到一个纯粹的上海小女孩儿是怎样懵懂着随下乡洪流，被推向遥远的北国边陲，被推向始料未及的波澜人生！又是怎样经年有练，浴火重生，蜕变成一位坚贞，达观，笑对生活的坚强女性！她所讲述的一段段历程，坚韧的一步步行走，踏实的一个个脚印，与病魔抗争的一幕幕厮杀，事件真实，朴实无华，令人动容，让人难忘！

作者叙事别致，格律无束，语言轻松，结构参差，亦庄亦谐，字里行间东北味儿还很浓，读来生趣，充满正气！跨越了35年的一节节讲述其文字从粗砺到细致，由浮浅到深刻，让我作为读者观之入胜，不忍释手，又欣然提笔，臻至顺达，愿她的文字更有利于知青回忆，有利于夕阳感怀，有助于后人玩味，有助当下行走！

作者说："青春无悔"！这话由她道出，又是别样的一番豪迈，我为她叫好！

2015 年 9 月 12 日

序三

沈其莲

上海真新街道新韵合唱团团长

　　喜闻绮莲《不想温柔》一书即将出版，身为真新街道新韵合唱团的团长，在所辖团队里能有这么优秀的一位团员，并受邀为她的新书写序，我感到欣然，感到骄傲！

　　虞绮莲和我是同龄人，或又因为我俩名字谐音，初接触，便引起我的注意——她热情待人，性格开朗，豁达处世，尤其热爱歌唱，便早早将她纳入麾下！她也是最具历史特殊性的一代人——知识青年！正是同样的经历，我们情趣相投，同感同悟……

　　回想三年自然灾害时我们正年幼，一起挨过饥饿；上学赶上"文化大革命"，没念成书，一律上山下乡；……然而令人欣喜的是，那些年的艰苦、曲折、磨砺，却成了我们人生中一份最宝贵的财富！我们没有受社会环境中的那种消极影响，反而逆流而击，炼成了笑对人生、坚韧不拔的良好心态！我始终坚定地认为：人生的成功并不在于腰缠万贯、显赫名声、炎炎权势，更不在于声色犬马，灯红酒绿，衣食奢足，而在于"回首往事，不因碌碌无为的虚度而惭愧"！我们用自己的勤奋、智慧，创造着自己生命历程中的一个个辉煌！

　　作者用质朴、写实的手法，自然地记述了自己生命历程中的几个阶段。是回忆，更似在阅读和欣赏自己生命史卷中的一个个章节，宁馨里充满生机，涌动中显露安详。读着它，我心潮起伏，热泪盈眶。这些没有华丽文字刻意装饰的记载，却透过纸背，浓缩了一场人生的精彩……掩卷而思：人，其实真没有过不去的坎，最强的对手正是自己！

　　希翼这本书能成为我们生命行走途中的一掬养分，滋润着匆忙的人们，面对生活永远怀着一颗蓬勃之心！歌唱阳光，歌唱春天；拥抱生活、拥抱崭新的每一个明天！

2015 年 9 月 12 日

前言

虞绮莲

都说"人生如舞台"，在这个无形的舞台上，大家都不由自主地不断寻找自身的位置。其实呢，大家都尽情自然地演绎自己生活中的每一段苦辣酸甜；在人生这个舞台，每个人都与生俱来地展现着自己的生命的力量。

2007年开始，我有幸登上了现实生活中真正的舞台——醉人的唱歌舞台！这个舞台就不是任何人可随心随意演绎的平台了，而是歌者净化灵魂的圣坛，纯洁、高雅；她又是情操陶冶的殿堂，美好的心灵在这里升华；她让每一位能登上舞台的歌唱者，感受人生会是那样的不平静，那样的不平凡。

我从来就喜欢唱歌，因此我热爱这尽情歌咏的舞台。当我与同伴们在五彩炫光下一次又一次用乐曲倾吐心声时，禁不住一次又一次感慨，禁不住一次又一次的热泪盈眶。这时思绪就不可遏止地牵动了我的人生，我的一路行走……

我愿意相信：生命的存在就是一首歌。人们不能自主生命的长度，但在行走中可以努力拓展生命质量的高亢，形成磅礴气势。

我愿意相信：生命的存在更像一条路，会留下很多行走的脚印，那可是人生的积累。一次又一次积累，会演变为一次又一次铭记于心的感悟!

同伴们都跟我说,岁月如歌;欢乐的、悲怆的歌,激昂、低沉的歌,抒情、艾怨的歌……。这不正是生活的写照吗! 生活,真的不只是油盐酱醋柴,不只是衣食住行。而今很多人一味追求物质享受,一味追求轻松快活荣耀,以为那是真正的生活。我才不那么想! 我们每年每月每一天,都在生命运行的过程中,物质享受、轻松荣耀那只是"过程"中的一点点。没有过程,哪来幸福呢? 没有过程,幸福不属于你。于是我想到,生活更重要的应该是体现人的生命力,体现生存意义,创造价值。

虽然,我一路走来崎岖坎坷;虽然,我经历过太多不一样的挫折,但是,我有资格说:我勇敢地面对了一次次摔倒爬起,战胜了一场场挑战与苦难。如今,我收获用勤劳双手、用满腔热情、用善良智慧换来的幸福,毫无愧色。

一幕幕过往的内容,那么多的记忆,不黯不退;那么多的情景,历历在目。因为喜欢文字,几十年里断断续续留了一些即时的记录! 眼下,从容沉浸在夕阳的行走中,好好捋一捋我近半个世纪的酸甜苦辣,回味人生的精彩,是一个审视生命的过程,是一个重新洗礼的过程!

一时间,我竟急切着要给自己,给朋友,给后代一个完满的说解……

目录

第一辑　如烟往事

光阴的故事

——记下自己的花季

［写作于 1988 年 8 月］

　　需要很多人记忆的事，常常面目全非，因为想得不一样，再现就不一样！

　　只需自己记忆的事，才犹如常青树藤遮蔽下的涓涓溪流，任凭世事变幻、骚动喧嚣，她依然款款地在我心底流淌，流淌……

　　初恋使人难忘，即使经过多少岁月的消磨、人际的迁徙，依旧会顽强地在心中印着她神圣的位置。怀念它，绝非对今日情感的亵渎！她像镜子，由懵懂之初到惜别终结，始终保持着一份纯洁、一种圣洁，关照一颗心的六面，关照着情感的真诚！不想忘却，因为它一直延伸我生命的长河，时时激励我对人生怀着憧憬，怀着无限的眷恋！

　　情感，一部读不到尽头的长卷。我不懂什么叫少女的心思，以至于跟他结交成了知己，还是傻乎乎、茫茫然……

一

　　1966 年 5 月，那时候的我读小学，正临近毕业。不过，几个日出日落之后，身边惯常的事情、景象，急速地变幻成我看不懂、想不通的样态。先是听到通知：打破旧的考试制度，不用考试了，由学校统一进行分配，就近入学读初中。我由此不能进入毗邻小学的那所时常能听到美妙钢琴声、听到 | 1-3-5-3-1- |

中学时代留影

练唱歌声的上海市第一女中！小小人儿哦，我泪流满腮……进中学了，课堂里只能学习毛主席诗词，英语只能读"LongliveChairmanMao！（毛主席万岁！）"，只能今天休课、明天放假、后天游行，一塌糊涂！满眼里那些人的亢奋哦，真让我难以理解，都在忙什么呢？每一次喇叭里播放来自北京最高统帅的最新指示，一下子全城欢腾，白天游行，晚上游行，下着大雨照样慷慨激昂、热血沸腾地满上海走动……，好像最美妙的共产主义这么走着游行着，就很快能实现了。

我爸爸出众，他因为被认为地主家庭出身，卑微而谦和、待人大气慈祥。我妈妈出众，因为曾经的几年私塾，在一般人中有着她的不一般。解放前夕在地下党的鼓励启发下，她带领工人闹罢工，与资本家交涉，争取改善劳动待遇……"文化大革命"来了，竟然被满厂满院的大字报说成是"工贼，资方代言人"，由厂部实验室下放车间去"倒三班"。妈妈不屈，妈妈不服，妈妈坦然。那年月，我最敦厚能干的爸爸，是妈妈最最可信赖的主心骨、壮行歌——妈妈依然天天山清水秀，白帽子、白围裙，一板一眼，坦然自若地上班下班。一直盼得黑白终于澄清，重回科室那五颜六色的量杯堆里，依旧严谨认真——我佩服！我敬慕！

与此同时，学校里的一塌糊涂愈演愈烈。温文尔雅、体貌娟秀的女老师，被高高的架到课桌上，"某某，老实交代罪行"！老师便唯唯喏喏，机械地允答："我的陪嫁200亩水田，我的表哥成了我夫君，孩子从小就有点白头发……"声音越来越轻、越来越小。又被推着、搡着、呵斥着，声音于是又抬高一点儿。一节课里如此反反复复，听得人都厌烦了，她才被降落地面，"扫地去"！阿门！教俄语的陈先生，平时儒雅得体、风度翩翩，人们非说他是"生长在苏联，被派来刺探文化大革命情报的特务！要不然，俄语不会说得那么好！"本来像像样样的一位，只落得走路靠边、说话低头，拒提俄文，不断写"过往历史"，不断写"灵魂交代"，眼神迷离，面容枯槁……

当时的校园，有一座年代久远的天主教堂，装饰精美，殿堂宏伟，它像是硕大的历史座标，矗立在胶州路余姚路口。那五彩斑斓的玻璃窗，闪烁着异国风情，路人常有观望、迷恋而驻足不前的，那年也"革命需要"，被改头换面，变成了大会堂，常有"批斗会"，"誓师大会"，什么会，什么会……面目全非了！

我懵懂着，不知道该怎么理解眼前的、身边的、家里的这一切一切……

再怎么说，我也俨然是中学生了，与班里的几个女生有了金子般的友谊。那时候课程的单调、极强且乏味的政治说教，成全了我们常没功课，蹦呀跳啊唱呀闹啊，偌大一个校园都窜腾不开。大小算个人了，不知什么是愁；对未来，画着惊叹号，也画着大问号。走路都不老实，三五个手拉肩靠，挤满那人行道窄窄的领域，与行人迎面相向，"待伐起（对不起），侬自噶（你自己）或左或右，寻边缘侧身过去"！并扔给他（她）一串串顽皮的笑。那时，经常的参加大游行，人民广场、外滩、体育场，几次三番乱走；我们热衷于排在扛大幅横、标语牌的大男生后面，时不时故意踩掉前排同学的鞋子，而享受他们没法看见是谁所为的乐趣。淘气得以踩前排同学皮鞋、网鞋、高帮球鞋的难度，作为取闹的笑料，使原本就不整齐的队伍又平添了小混乱。

或者，或者与门卫的老阿姨"交手"：安排几个人跟她说话、打听事情，而我悄悄地站她身后，蹑手蹑脚地往她那大得出奇的大棉袄上那大得出奇的口袋里装小石子。这是技术活，一颗接一颗地放，却不能让她有丝毫觉察。完毕，乐呵呵的一起热情地与她道别。一时间，她或许以为是自己站久了，连棉大衣都感到过于沉重了也没准！但实在是满足了我们小小心灵的快乐愿望。班主任笑望着我们的这几个班级里常常获得年级组作文比赛奖励，又常常被学校挑选去争光添彩的聪明孩子，直摇头："几个男生若也是这般，不知道会折腾出啥样！没办法！"能有什么办法？青春的精力充沛，寥寥课程满足不了我们最佳的求知欲望，只好用自创娱乐来斑斓我们的生活了。我们是不以为然的，并没有发生什么大不了的事情嘛！

其余时间，还有去处。几个同学

上山下乡之前

家比较下来，虹的家是最好的地方！听说她爸妈是离婚了，她和一个妹妹由妈妈领着过日子。只要轮到她妈妈上中班，那么她家便被我们全面占领啦！这比在其他家宅方便多了：一没有哥兄弟的相扰；二没有父母老辈人的絮叨；三虹家距学校、距我家是三点一线的中间点，来去方便、顺脚。她小妹妹可能很受父母离异的刺激，惦念她的生父，终日无语，可她太小了，根本影响不着我们的情绪！

二

　　因为对虹有着莫名的兴趣，每每去玩，我总是最后一个离开。我生活在一个完美幸福的家庭里，父慈母爱，和谐愉快，氛围温馨自然。所以我很好奇，我想知道她那个不完美家庭的时时、事事。我还小呢，一眼看不出两个家庭之间的差异，但却更吸引我要窥测看明白。虹若知我的心思，一定会生气的！于是，常常连她母亲夜班在家睡觉，我也心甘情愿和虹一块儿轻声轻气、蹑手蹑脚地在这狭小的唯一的天地里呆一会儿，再一会儿。相比之下，虹当然视我为第一知己，乐意叫我多多的去她那儿，还会让我尝她宁波乡下带来的醉虾、醉蟹、臭冬瓜……

　　由于豆蔻年华遭遇家庭的巨大裂变，虹要比同龄人世故，以我看来她比同学们是要成熟得多！常常有一种大人般沉思的面孔，不知不觉中我把她当成一个大人，愿意听她的说话，愿意与她共好恶，愿意同她交往得更深。

　　虹的家在一条老式弄堂里——连成排的石库门房子，最靠边的、一个小后客堂间便是了。屋内只有一扇既小又高的窗户，满是铁锈的栅栏又挡掉了屋里几许光亮。在屋里呆久了，常会在朦胧中有一种幻想，至少我有这个感觉；想什么？没什么！可好像又有什么。时间长了，我便适应在那个幽幽的斗室里想一些什么，也愿意有一点大人样的举动、大人般假装经过深思熟虑的言谈。以后再回想起来，我确实在那里跨越了一个时间差。不知道应该感激虹还是怨怼虹，这个跨越是早还是迟，要发生什么，恐怕是我这个小人儿想不到的！

老式弄堂里的石库门房子

三

虹的居宅门牌号是13。去她家，必须经过六个门口。前人很智慧，约定俗成地把大马路大弄堂两边的建筑门脸，分别冠以单号、双号，好查、好找、好方便。我到这条弄堂，总得经过六个门口，经常走动，时间久了，依稀能辨识各个门户进进出出的人的面孔，更详者我无心落实，我还要忙我的事情呢！更久了，六个门里有人记牢我了，还有人潜心注意我了。

我常常在幽然的13号屋里静静坐着。这个时刻会有人来向虹借些无关紧要的小物件，抑或送还些什么，由于光线，光线的缘故，只觉得来人个头很高，话不多，三言两语，细细的语调、轻轻的嗓音，说得很小心。感觉中，来人一定是看不到幽暗中的我。每次来去匆匆，生怕有谁知道他光顾似的，但又时常就这个时候出现！虹说："一个邻居，7号里的，比我们高二届。不知怎么回事，最近常来我家，都是一点点小事，其实让他弟弟来就行了。"对这个人，我便有了最初的印象。

又有许多时候，隔着铁栅栏的窗外，时时有个短发的头影闪过，偶尔还探头想往屋里看看，怕被屋里人发现似的，又赶紧跳开。从个头上，我辨出是7号里的人！我想想好笑，比我们高二届么，应该是大人了，怎么还在玩时隐时现、蹦来跳去的淘气动作呢？真是的！据虹讲，那个学习好得很，整条弄堂里还就他考进了上海育才中学呢！

又一次早早的放学了，才下午两点多，照例又一起往虹家拐去。我走路快，虽然虹比我高半脑袋，她腿也长，可我是矫健身轻、步履似燕，在她之前就进了大弄堂。一边走，一边闲遛地瞄着：1号——3号——5号……不停的脚步倏忽被什么挡了一下，身体惯性前倾，两手本能地推挡到面前，腋下夹着的几本书哗啦啦掉地上。我赶紧收敛眼神。与此同时，面前站起个人来，我"哎哟"一声，还来不及反应怎么回事呢，便看见那人一瞬间是红着脸的。看着他的个头，我马上觉出他就是那个7号里的人。没等他嗫嚅出什么来，抢着说声"对不起！"拉着赶过来的虹，一溜烟朝13号而去。我可真是的，走路急匆匆，踢着人还赔句对不起，什么事？！万幸，没就势跌趴那儿，那不更狼狈了！虹也笑我：你成天呱呱的不让人，就这点本事啊？！就踢一下而已，谁叫他劈柴火挡了路呀？

我没本事？想着他已经为此红着脸，显露歉意和无措，我也别得理不让人了，本来我的眼睛就没有看着路！我这个人，心在焉的时候不多。

两人刚刚适应了屋里的光线，正要谈学校的事情，外面响起敲门声。我坐在门背后呢，便起身开门。是他！正略显偏促地站在那里呢。总算刚有过照面，就

《光阴的故事》原稿

开口问他："有什么事啊？"他递过来几本书。哦，是我掉地上的！张口就要谢谢他。虹挤过来，叫他进屋坐坐。我知道她肯定要说刚才的事。虹的嘴皮子很厉害的，一定会让他出点小洋相！我不是屋里的主人，不知道怎么周旋。只听他说一声："我是特意来给送书的。"随即冲我点了一下头，返身走了。我松了口气——不知为他还是为我。回家后，才发觉还少了一本书。那年月没正规的教科书，类似的书家里有一堆呢，补上一本就应付明天的学习了，没当回事。

谁知第二天一上学，虹将一本书交到我手上，告诉我今天她出门时，是他在7号门口等着给她的。我"噢"了一声："我知道少了一本，以为是留你家了呢！"虹摇摇头："天晓得！"我心忖：天晓得？人晓得吧！下意识看看手里的书，书皮被重新包过了。这不多此一举嘛！不过，书包得很精细，与一般的不同，是带着四个护角的，倒是个仔细的人。翻开书，又发现有绢秀的小楷人名，哎！是我的名字。谁知道他从哪里得知的，有意思！随手翻了几页，发现有新花样——一张小纸条在书里夹着。我抬头望望，女同学们都围成小圈圈，唠着七三八四呢；男同学举着拆下的桌腿、椅腿，杀进杀出的起劲着呢，老师则捧着毛主席语录凝神琢磨着什么，没人注意我！我便好奇地打开纸条，上面依然是绢秀的小楷字：

"愿与您做个知心朋友！"并签有他的名字。

四

　　若不处于那个年代,我会完全醉心于知识王国,成为登攀知识巅峰的好孩子！我挺自傲:从进小学读书那天起,在班级在学校,接受能力、反应能力一直拔尖。凡是小学生能享受的荣誉,一个都没有离开过我！加入少先队就是大队学习委员,指导同学补习功课,设计编写学校黑板报,而且会唱会跳。记得学校排练小歌剧《东海小哨兵》时,我演主角。因为其中一段唱腔有高音,我不从容,老师就安排一个同学侧幕配唱,我在台上对口型。这出小歌剧,在上海儿童剧场演出数场……历年级的班主任都视我为学习好苗子,我自己也以为未来一定会水到渠成,充满阳光,会如愿登上灿烂的理想之巅！父母老师都为我骄傲,我被树为全校同学的学习楷模,那真是个醉人的好年华。

　　一场莫名的、声势浩大的运动,一纸就近入学的通知书,告诉我只能在一所普通中学里栖身！我哭了,失声痛哭,哭梦想还在襁褓中就被扼杀！什么努力在那个年代里都无济于事,数理化都不用学了,读哪个中学还不是一回事？！我很茫然,眼泪不停地流着。我不爱哭,可是心被击碎了！无奈地进入了中学校门。学校勉强开课授予的一点点可怜的知识,又重新燃起了我的求知欲;一点点可怜的成绩,被老师欣喜地四下渲染、张扬着！可这并不意味着荣誉;我"出身"不好,在当时唯成分论和"政治挂帅"的环境下是不容许出头露面的。学校里有几个一般般的"红五类"后代,却成了吱哩哇啦的风云人物。我们功课成绩再不错,也是"在野党",适合不了"革命"形势,连赏识我的老师也被指责成"以斜压正"。我又一次失望了,但心里在较劲:别以为是"红五类"顺应当下的"革命潮流",就实实在在比我们强？我就不服！虽然同学间没有撕破脸,但舆论生成了,说我"清高"、有"抵触情绪"。我生气了,我还够不上清高的资格,也不是抵触情绪在主宰,知识是崇高的、神圣的,要下功夫学习才能获得,只凭大喊大叫,只凭熟读语录和一堆空话是没用的！

　　我行我素吧！几个要好的同学在一起,谈谈昨天今天、过去、现在,在包书皮的掩盖下,读一读巴金、托尔斯泰,偷偷地看看屠格涅夫、车尔尼雪夫斯基……用不着谁来指导,自己从书堆里寻找着知音,充填着饥肠,忙得不亦乐乎。我们懵懂地、自说自话地理解着、诠释着书中的内容,竟然也不断地从中了解和懂得了人世间一点点人情世故。不敢说我看了多少书,只要能觅到的,统统拜读。从小学三年级开始,我看了《红岩》、《红楼梦》、《家》、《春》、《秋》以后,对厚厚的文学著作就有着莫名的渴求，觅着读着。也是"文化大革命那个年代成全了我，什么《红与黑》、《简爱》、《前夜》、《安娜·卡列尼娜》……都是我的陪伴。对这些名著的社会意义，我没能力评论，但作为一个还不谙世事的女孩子，我看了之后，常有自己独到的注脚。

五

"愿与妳做个知心朋友"——我反复读着这几个字。与其说被这句话吸引，倒不如说被这一行漂亮的小楷字牵引着。我还不懂"文如其人"的含义，但迷信"字如其人"。我的毛笔字最让我头疼，大不成小不就，干脆就不写了，免得丢脸！可眼前的一行字让我感到有一种潜在的才气，噢，加上那高高的个子、若即若离的张望、微红而梢带歉意的脸庞；对了，还有那么一点点手足无措呢！哎哟，他要是个女孩儿多好，应该也是一个知己。可是，一个比我大两岁的异性，我得想想：我没有异性朋友，我不知道怎么去打交道，怎么去相处，这会轮到我手足无措了……

放学了，虹照例邀我去她家。还没走到那弄堂口，我像忽然意识到什么似的，没看她的眼睛，就对她说"今天不进去了，家里有事"！也等不得虹张口问我，便几步窜开，跟其他同学走了。这是干什么？是不想去吗？是不想路过那个 7 号门口。怕什么？不知道怕什么。要不，这传统的门牌序列也有不周全之处？分什么单号双号，轮着圈排，我逆着号走，那就不搭界了嘛。也不替后人想想，多难为！我珍惜与虹的友情，可眼前却受到了限制。一刹那好像有点神经质，面前总是晃着 7 号门，好像我一跨进弄堂，个个门口都挂了 7 号门牌了似的！难怪虹说我没本事，竟然连这点事也计较不出个头绪来。嗨！

有什么呀？！不就是他想与我交个朋友嘛。大惊小怪的，没出息！谁都不能怪，不是纸条也不是门牌号。我得承认：我由于被他注意而高兴，也由于他的种种举止能引起我侧目而不安，更由于他的精心、他的楷字、他的一片诚意，而有一点点感动！可我不知道如何适从，如何跟异性开口讲话，如何来应付眼前的这一切。敢向谁请教吗？可又没什么事情能说，也够不上要请教的层面呀！16 岁的我，第一次感到忧心忡忡，但心灵深处一点也没有要拒绝他的念头。一种莫名的当心和好奇心驱使着我，想着他为什么会找我这个小朋友做朋友呢？在那个年月，男女生之间的陌路和戒备，他不会不知道，怎么想的呢？他充其量也不过19 岁的人啊！

六

几经踟蹰，终于有一天我被虹硬拽着往她家走去。刚看见弄堂口，心便紧缩了一下，不由自主地拉着她手，眼睛也不敢乱瞅，一溜烟似地跑到 13 号门口，这才长长地呼了口气，和虹絮叨开来，而心还不知道在哪儿逛呢。

又有人在敲门。我下意识让自己站稳，没动。是虹把他引进屋里，随口一句："我们刚回来，你就来了，好像约好了的！"她不知道这人有意无意，但我知道他是有意的，只觉得高高的个子在眼前晃，我头也不敢抬。仿佛他对我打了声招呼，我的心乱撞着，嘴里含含糊糊应着什么，自己都没听清！恍惚间，只有虹自如地与他自在地说着话。虹妈妈今天中班，虹该准备自己和妹妹两人的晚饭，只见她嘴不住、手不停，麻利地将炉子拎到屋外生火去了。

我不能呆着，得躲出屋去！他又对我开口了，望着站在暗影里的我说："你怎么好多天没来这里啦？愿意我们交个朋友吗？"

没人掩护了，我只好张口应答："我……我有点怕！"他笑了："怕什么？"这下子，我这伶俐出名的嘴也不好使了："怕……我怕交上坏朋友。我们并不熟，我跟班里的男生都不说话。你这样，我不知该怎样！"觉得他还是在笑："你是我唯一想多看一眼、多见一回的女孩子（口气多大！），因此想跟你交个朋友！请别顾虑，我是个好人哦，我会让你了解我的。"没想到会红脸的男孩子竟能说出这样的话，他一定准备好久了。我无语，我准备好了，但说不出拒绝的话。我默然，只由着他的想法，开始我们之间的友谊。

当时由于社会秩序混乱，学生无课可上，无所事事，渐渐地，同学之间便出现男女交友情况，而少男少女们凭着天知道的"灵犀"，也不知真的假的、懂与不懂，就指点着张三和李四、赵五与王六，真是空穴来风了。在我看来，确实也不乏有煞有介事的同学男女。老师没法管，也管不了！那时没人敢来冒犯我，我从来都漠视那些趁乱楞是挤进这所水准原不错的中学，而学习一塌糊涂的粗俗之辈，与他（她）们同窗已经是我的耻辱，哪容他们有丝毫非分之想！尽量尽量地离他（她）们远点儿，再远点儿。

我想，他是幸运的，他钻了这个空子，在我没有防备的边缘处……

七

又过了几天，我家信箱里有了一封给我的信，字迹似陌生，笔迹又似熟识，邮戳是本市的。我明白这一定是他寄来的。他从虹那里得知了她能知晓的我的一切，知道我管着信箱钥匙，算到我那天能直接收见他的来信。可不能小瞧了大这两岁哦！什么好学生？心思都用到这上了。

他用的是洁白的航空信纸，左下角淡淡地印着枝繁叶茂的紫色牵牛花，并且猜到我喜欢这种格局的纸张，挺细心的！他的钢笔字也不错，还是挺绢秀的感觉。我许久才静下心读他的来信：

"请原谅，不是我打扰了你平静的生活，是你不经意降临在我面前。你带着娴静可爱的稚气，和与你年龄不称的漾漾才气、勃勃生机，闯入我的眼帘！我有幸观察了你好久，也听见了人们对你的公论和赞赏。我的心告诉我，你一定是个好女孩，我想接近你，更进一步了解你，可我不敢！是那天你的一声对不起，给了我契机和勇气，终于向你迈近了一步……你不是那种遇事张慌失措、流于言表、浮躁外向的女孩子，我相信你会很好地理解我现在的心情！我相信我的眼睛，相信我的直觉，我愿以我的真诚和热情与你——我心中完美的偶像交个好朋友。"

他的话使我刹那间好象长大了许多。别人没对我说过类似的话，不知道他说的是否我的本来；人要真正认识自己并非易事，我——被感动了！

我不知道该不该给他回信。犹豫的日子里，又接到他的信，邀我跟他谈谈。我心直跳，坦白说，我都没正视过他，不知他眉眼鼻子的优劣，这是那幽幽的小屋给我的恩赐。虽然我能准确地感觉他的到来，但只记得他的身影，其他一概朦胧。怎么办呢？我能去吗？让人看见怎么办呢？！真是愁煞我也……

终于，终于经不住他再三的恳请我答应与他交起了朋友。不愿意有第三个人知道，所以很小心地、认认真真地开始之间的友情往来。他很会选择地点，安排得当，时时征得我的同意。与一般同学不一样，就是不一样！

八

他带领着我到鲁迅公园，到龙华公墓，到长江入海口，到公园的花海湖山。每到一处，都尽他所知，跟我讲曾经发生在那里的故事或传说。他的解说，让我下意识感到自己所知的欠缺。有他作伴，对熟悉的一切又有新的认识。不过，我也装着跟他差不了许多的样子，不让他尽占上风，却又免不了时常被他指正。他从不让我难堪羞愧，像大哥哥一样照顾着我、呵护着我……我没有同胞哥哥，如果有，也应该是这样的吧？他的加入，使我的生活中有了新的内容。我不讨厌他，他不属于那种长相清秀的男孩子，而有一种我描绘不出来的成熟模样，我因此有点窃喜，真心和他成了朋友！

不久，他幸运地成为那一届第一批分配工作的毕业生，在上海航道局开始了他新的生涯。有了工资收入，在我面前更充为大人，俨然成了我的保护人。我在家其实行三，之前曾经有两个姐姐呢，因为意外和疾患，都不幸夭折，且都不过两三岁的幼小生命。真的，爸爸妈妈格外呵护我，现在又加入了一个他，我被宠坏了！有时侯，我成心逆着他的意思说话办事，本来说好星期六出去玩，我不，偏偏星期天才姗姗而去。那时通讯工具不像今天这么发达，我知道他当天等不到，会猜测"六与天"的字型写法近似，很快纠正弥补。呵呵！果然还没下公交，就远远的见他老老实实地在那儿等着呢，我还嘟囔这星期天车上太挤了。他说我信里写的可是"六"啊？我说我以为是"天"呢！呵呵……哼，反正他也不会干等着，手里什么时候都有书陪着呢。

他的船舶沿规定的内河航线行驶，来回一趟需要一个多星期，上岸后能连续休息几天。几乎每次休班，我们都要相约见面。由于有了收入，我们可以常常光顾西餐厅，可以挎着相机出入豫园九曲桥，可以趋步桂林闻花香，忘情的玩呀乐呀，没有一丝踌躇，没有一点阴影，举手投足都赏心悦目，开心，很开心！

我到现在也依然感激他。他用行为告诉我：一个人自尊自爱有多么重要！在我面前，他从来都是那付矜持的样子，他尽可能宠着我，愿意看到和接受我的随心所欲，哪怕一个小小的恶作剧，可他从来不曾有意无意地挨着我——哪怕是一个手指头。雨中赏景，挺大的一把伞，他也会躲让着，把半个身子浇个透湿！我笑他傻。他认真说，愿意保护我的完美无瑕，愿意享受这种圣洁感觉，只求我的存在，只求我能像他的影子一样，这样也心满意足。那时真容不得自己去细想他的话，只是一个念头——我信赖他！

什么是少女的情感？这种异性间的信赖感觉是吗？这种无戒备的依附心理算吗？我不知道，真的不知道！

那时，中学生也要经受学工、学农的锻炼。在工厂学工，与整天在学校里瞎混没啥区别，十几、二十天简单操作，很快结束。毕业分配前夕学农。我们在大城市聚居惯了，同学们一起去农村参加集体劳动，没想到还是件很有趣的事情！大家背着行李，坐一小时火车，到了郊县的一个生产队。接着，分散到多户农民家里，同吃同住同劳动。我们这一堆小调皮，能给生产队带来什么新面貌呢？！让当地农家社队添麻烦、讨手脚而已。我天生胆大，学着抓青蛙，敢下手剥皮；抓小蛇，敢盘拢后装裤袋里，玩心跳。我天性淘气，晚上，稻草铺就的地上，一人一方，挂着蚊帐，我看谁敢先睡着，就招呼着、蹑手蹑脚的把她蚊帐四角小绳解开，明天就看她自己不停地抓挠吧，呵呵！

整整两个月，他不能给我写信——我明明白白"嘱咐"过他，不想让别人知道我有他。因为我自己忙着玩、忙着疯呢，分不出心来；也因为农村邮递的落后；

更因为同学间的无所顾忌……

九

回到学校后，没容休整空闲，我们就很快看到了颁布的"分配方案"。校园里，红旗飘飘，锣鼓震天，包括那所天主教堂里面，铺天盖地的标语口号："知识青年上山下乡，经风雨见世面！"，"改造世界观，征服天地人！"，"广阔天地，大有作为！"……号召混沌未分的同学"与旧世界绝裂，向新天地迈进"，热血沸腾。困顿的我，在无知无奈中徬徨着……

班主任黄老师很喜欢我，提前告诉我分配方案：全班54个同学，云南军垦两个名额，黑龙江兵团两个名额，她让我先考虑，其余的同学都插队落户安徽、江西、黑龙江，等等。黄老师是悄悄地违背内定的分配条例，最终把家庭经济状况尚可的我，安排在去黑龙江兵团的份额上。她说："你这么好的一个女孩子，有点保障、有点依靠的好，这样，老师也放心！！"

我的心在抖：我们这一大批孩子要离开大上海，离开爸爸妈妈，离开生我养我的这块土地了！我亲爱的爸爸，一直从事市场调研工作，祖国的东西南北他都走遍了！面对只有两个地方的选择，爸爸告诉我："去黑龙江吧，那里每年只种一季庄稼，累半年能歇半年的……你也想想，自己拿定主意。"

我想，我想我才 18 岁啊！那地方天寒地冻、荒原无边；那地方，过去只是书上有记载！真的，我必须去吗？

又一次见到他，我提不起一点精神，不知道说什么，不知道怎么说。面色沉重的他已经知道了一切。很多很多年后，我才理解"上山下乡"是一场家喻户晓、空前绝后的城市人口大遣散啊！我们这些学生东南西北刚刚弄清，自己名字刚刚弄懂，都市就不要我们了！他缓缓地向我说，他的单位每二年有一部分技术熟练的人员要北调，充实到外地局，优先条件是可以带一名家人，并招收为家属工，但须本人自愿，家属自愿。为了我，他想提出申请，走这条路。噢！一阵悲哀，

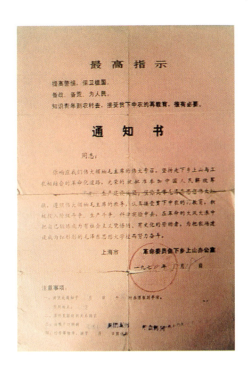

"家属工"——我?

上海啊，对只有18岁的我，迫在眉睫地催促着，非要背井离乡吗？高傲的我被贬值了，我被噎得喘不过气来，为什么还要搭上他？让他也与我遭同样的厄运。

我求不到任何宽容，找不到其他任何去向、任何出路，只能走了，注定是随着洪流飘走了。

<h2 style="text-align:center">十</h2>

我第一次有了一个需要慎重考虑的关口，我想了很多很多。由于两个姐姐幼年夭折，我一直是父母的眼珠，无拘无束、优裕地生活了18年。这下子，妈妈为了我，刹那间变得异乎寻常的担忧，眼看难料未来，心情沉重，哭晕了好几次。我自小憧憬遨游知识王国的理想无影无踪了，一直等待正常教育秩序恢复的盼望彻底破灭了，难道我们的青春就该如此，不容选择？我欲哭无泪，我心如刀割，我泣诉无门，啊啊啊！……

他，是无辜的！他热爱知识，热爱工作，同样依恋他的家。长长的日子里，他给我的友谊，他给我的呵护，他给我的陪伴，已经很使我满足了，我不能一起扭曲了他、埋没了他。我自己去面对我的新生活，是艰辛、是苦涩、是无尽，我自己去担当！

自己有点惊讶：我长大了。因为，只有大人才会有这样的理智，有这样的决断！

离登上北去列车还有三天时间，我主动约了他。最后一次与他共同呼吸了熟悉的大都市的香甜空气，流连了南京路的繁华，破天荒的在浦江边赏了夜景。我们走着说着，珍惜这每一分每一秒的共同！他不知道现在的情况，因为他的消息来源——虹已经先我投亲插队，去务农了。他不会触痛我的创口，只一路默默地陪着我，喏喏地再提北调的事。我没答腔，他便收住，真是，也挺傻的！

接下来的两天，我闭门不出了，行装包裹由爸爸妈妈为我打点，一包又一包，一层又一层地把全部惦念和不舍装进去。我忙着我的事呢！

把精心收藏的他的来信、照片和我的那本书（或许是他的）统统都装进一个大牛皮纸袋里，封好。坐下来写了迄今为止给他的一封最长的信。心抖着，笔颤着，一字一句告诉他："当你收到这个邮包时，我已经奔向遥远的北国边陲、千里冰封了，没有地址，只有番号，还是保密的！不要、不用寻我找我，不必作无谓的努力……

感谢你给我的友情，感谢你愿意为我作出的奉献，感谢这一段美好的时光！我今生不可能与你共度了，我的人生将飘渺在那个遥远的未知世界里。若早知我的归宿如此，就不会让你平添这许多烦扰！珍惜自己吧，大都市的人们，不要轻易抛却故土，你会在这色彩缤纷、热闹繁华的城市里，寻觅到更好的朋友，祝福你……我不敢留下你的任何物件，不能让你负着有个人在怀恋着你的疚感，你依然能自由的驾驭着你自己，追求值得你追求的任何；我也不能留下你的什么，只记得我生命的光阴里有你荡漾过的涟漪，有你呵护过的温情！感谢你，我的朋友……忘了我，只留给你一本记载美好岁月的书，它应该是你的。请不要怨我辜负了你。"

很多年过去了，当我在北大荒的土地上遇到了——他，又一个能撞击我心灵的异性时；当我在异乡城市里开始筑起巢穴享受生活的那瞬间，我意识到——我意识到黄浦江边的那段徘徊，是我的——是我的初恋！是她奠基了我，成熟了我，让我从容的准确的找到了情感的归宿。

谢谢你，我金子般的初恋！

谢谢你，我第二次生命的起点！

幸福的模样

——写给我的爱人

[写作于 1997 年 1 月]

　　1970 年 5 月 25 日，上海北郊货运车站。站台上、车厢里挤得满满的，人声鼎沸。

　　满载着屯垦戍边的上海应届中学生的列车正徐徐开动，驶出人头攒动的简陋站台，驶向祖国北部边疆黑龙江，驶向与城市截然不同的原始大漠，驶向那片被冰雪覆盖着的处女地。被称之为"知识青年"的庞大出行队伍中，我木然地望着车上车下无处不在痛哭的人们，抑制着眼中的湿润，觉得自己很是悲壮！刚刚十八岁的小小年纪，就要远离父母、告别亲朋，随着素不相识的人们，去一个遥远的未知的天地里干一辈子，噢，一辈子！眼泪又能改变什么呢？我只有权利静静地想：我已经长大了，一个不谙世事的女孩子，就这样被迫早早踏上了人生漫长的旅途！在那个神秘的地方，我将失去什么？又将得到什么？

　　转眼间几十年过去了，如今的我已经人过中年，青春已在这片广袤的黑土地上耗走！回首望远，在异地他乡的颠沛中，我碰到过无数在上海城市里无法碰到的新鲜事稀奇事；我也失去了许多珍贵的不可复制的东西。至今我依然无法掂量这二者在我生命里的比重，辨析它们怎样左右我、影响我的生活态度！"四十知天命"，已经过天命之年的我已经锤炼成熟，我将无憾的对自己说：在这遥远的地方，我找到了一生中最最珍贵的无价之宝！在这寒冷极地，我找到了情感生命的归宿！几十年里，真爱陪伴着我无怨无悔地守候在这里。一切有形有价的东西在我眼前都黯然失色——我不在乎、不动心它们的来去！只有他，我会为之付出我的全部热诚，直至生命也心甘情愿！我一生迄今为止的成功，就是将他收归己有；一生延绵不断的快乐，就是因为拥有了他。有了他的相伴，我此生足矣！

翻开他写给我爸爸妈妈的信里，有段话我是终身不忘："我这一辈子不一定有多大的造就，在物质上不一定能达到阿婷（注：我的小名）的需求。但是我向你们保证，在生活上尽力照顾她，在精神上我让她一辈子都永远快乐"！言而有信，他是这么做的，并继续着他称之为毕生的使命，让我快乐的一切！我敬重他，衷心地谢谢他！

我无法遏制思念！儿子因为"知青子女"的身份，被照顾回上海念书。孩子正值心理生理成长期，需要母亲的呵护，我也因此辞去职务请长假回上海。现在已陪伴数月。这是我与爱人相识以来，分别最长的时间。岁末年初，随着爱人回沪团聚的脚步声越来越近，我终于拿起久违了的笔，让它把我和我的爱人共同走过爱情之旅中的每一个定格，真实地记录下来，写给自己，留给暮年，并把它献给我即将来沪的爱人。

我愿意，只要我们俩的生命轨迹还在铺设、还在延伸，我将不会停下我的笔触，我要让美好的回忆和美好的现实交织着，陪伴着我们俩，直到生命的终止！

永远爱你——李金石！

初　识
——那是 1973 年春天

我记得很清楚，黑龙江建设兵团第 56 团所在地，原是北京公安局辖下的劳改农场，服刑犯人前脚刚迁移，后脚一堆学生娃就到了，与一部分俗称"二劳改"的刑满留场人员在同一阳光下，一起改造世界观。想来滑稽，有点划等号了。还行还行，农活学起来，大炕睡起来，苞米碴子吃起来，大葱大蒜嚼起来！"夏练三伏"，两千米长的垄沟，望不到头地锄起来。"冬练三九"，扛着"三大件"——筒锹、平锹和大镐，走进大草原，开挖那 5 米宽、1.5 米深、无限长的水渠。白

灰画出了规定的任务指标——每人一段，5米长；只允许往规定的一侧放土。

三伏天，大瞎虻和小咬虫跟着叮你，每只裸露的手膀上，几十个肿包挤挤压压，奇痒无比。抗洪水，草原步行30里，奔向阿伦河防洪坝，去加高坝身！呜呜的拖拉机牵着大铧犁，翻开草根盘结的千年黑土，大刀割成长方块，每块足有六七十斤，每个人背上驮着，草根扎得后背上破皮渗血，一道又一道，个个呲牙裂嘴地奋力往坝上爬。渴了，低洼处有天然的水，小虫悠悠，小鱼游游，趴着就能喝；饿了，送饭菜的马车正往坝上赶着呢，道远路颠，啥时到啥时吃！

三九天，出门棉帽子、棉大衣、棉手套。几镐一抡、几锹一挖，泥巴甩得远远的。再看身上，内衣沾上的汗水只剩下层层叠叠的盐花，被风吹得梆梆硬。

秋天雨多，"康拜因"下不了麦田，我们上！一手拢着12根苗眼儿，一刀一刀往前割吧！眼看着浓浓黑云压过来了，往哪儿跑？没边儿的麦地里，挺着身让雨浇呗！赶上1973年大水灾，我们天天早上3点半出工，地里解决三顿饭。天色黑尽了，看不清麦子，才回营房，洗洗涮涮只能睡五个小时吧，催命的起床钢轨又敲响了。整整半个多月，天天如此……阿门！上秋了，大田作物该收了，人手一把小镰刀，水稻、小米、大豆和玉米，还有高粱。到了地头一人一根垄，哈下腰你就干吧！常常累得一下子坐地上，起不来的有的是；常常手被扎得大口小口连成片、串成线；常常手没劲儿了，镰刀不听使唤了，砍脚上、割手背的，我们这些年轻娃娃，鲜血直流……

知青生活？这就是，这只是一小部分。

我们56团战友们当年垦荒耕耘情景（一）

当年垦荒耕耘情景（二）

在那个年代，好象每个人身上都有"阶级烙印"。我因为祖上曾经有田有地，被称为"剥削阶级的后代"，企望与别人同步，与别人比肩，只有靠付出比常人多一倍的劳动。有一回，好不容易盼到了"五·一"节，食堂里早早地杀了一头猪，以示庆贺。这也促使我们一上午在带冰碴的水田里干得特别卖劲，回营地的脚步也变得急促起来。可是，刚从食堂打回香喷喷的饭菜，一声更急促的哨声陡然响起。有人招呼：水田那边的育秧棚被大风刮开了，需要马上抢修。我自然不会错过这个考验自己、改造世界观的良机！然而，当我们一行人们喘着粗气，面面相觑地站在田边时，完好无损、依然如故的育秧棚使我们恍然大悟：这居然是又一次匪夷所思的"考验"。金色的求知年华，很多人被这样的困惑紧紧套住。

最最盼望的，是一年一次的探亲假！高高兴兴地动身——且慢，56 团团部每天早上有一班汽车往火车站开，晃晃悠悠 50 里路。可是，连队到团部的那 10 里路，一律靠双腿跋涉。大旷野，窄窄的农道上，三五人结伴，背着行李，挎着干粮和水，头顶着星星开路了！很早动身，那星星有时候也用不着，远远地过来一对儿一对儿的光亮，老是伴着你走——噢，野狼闻到人味儿，悄悄地聚拢，紧跟在后面了……大家有点怕呀！想到"二劳改"教的办法，打开手电筒，朝着狼群画圆圈，画着画着，点点光亮散失，狼也不见了。呵呵，这么大、这么亮的眼睛，那得是多大的家伙呀？可惹不起啊，跑吧！我们这些年轻娃们呼嗤呼嗤赶到团部，天也大亮了——奔家去啰！

我清楚地记得，那是 1973 年春末夏初，我下乡到黑龙江建设兵团已经第四个年头。我和连队的文书交了好朋友，她叫于莲，是齐齐哈尔市的下乡知青，齐齐哈尔市最好的实验中学的学生。因为文笔好，我们俩自然就走动得最近。上海知青往返探亲，一定在齐齐哈尔换乘火车，那是必经之地！她热情，她家长也热情。那时，与上海人交往会有一种莫名的自豪，所以每每回家都被迎留她家稍事休息，买车票、送站台，接济得力。

　　又逢一个这样的日子，我随于莲去她刘姨家。因为黑龙江木材多，我想给爸妈做一个大木箱子，上海夏天放放棉花胎挺好的。我这点顾家爱家的心思吐露给于莲听，于莲非常赞同，也很支持。刘姨是她妈妈的同事，于莲介绍："她孩子会木工活，让他做正好！"这不，我们俩去检查落实的情况了。于莲跟她家相距不远，路过"一百"商场，拐进一条便道，那幢天主教堂的旁边有一排灰砖高脊的房子，刘姨家就在房子那一头，不过十分钟就走到了。

　　刘姨家的院子，院墙有半人多高，是顺着山墙走势、用杂色杂样砖头整齐垒砌的。隔着木栅栏门，于莲接连喊着"刘姨，刘姨"……我初次造访，低眉顺眼地跟在她身后。这时只听一声幺喝，我寻声抬头，只见小院中一条黑黄毛相间的大狗来劲了，头冲着向院门赴来。一个高大的身影背对着我们，正呵斥、阻止着。我正诧异这新奇的状况，只看到那人扔出一块吃食儿，随即又拍了拍大狗的脑袋，大狗很快就老实坐下，他这才转过身，用手拽了一下肩头的外套，招呼来客。于莲与那人自然相熟，一声"大哥"，让过之后，便是她身后的我了……此刻，一抹斜阳在他后上方悬着。我逆光望去，感觉到一个硕大的影子越来越近地遮过来、罩下来，那是一个挺拔匀称的体型投影！其实，此前我已听于莲说过这家人的情况，也知道"金石"这个名字，猜测就是面前的这个人。我嫌当地人的相称太腻，

当年 56 团连队的女战友后来相逢，欢聚齐齐哈尔龙沙公园

这时只按我的习惯，对这个陌生人行一个注目礼，再略微点头，应该是很大方得体了。而就是这一瞥间，感觉他正定睛看着我，似乎发现了一件期待已久的宝物。侧身间，那亮亮的大眼睛闪着专注与欣喜，嘴角一丝矜持的笑意变得柔和起来……我还没懂得心与心会撞击，也没有被一个异性这么瞧过。历来心高气傲，对不相干的事，我都不屑一顾。这一瞥之后，却不由得端详起他来：一身黑色衣裤，深灰色呢外套就那么披着，一头浓黑卷曲的发型加上一张五官端正的脸庞，还有那条围着他前后窜腾的大狗，视觉上真是给了我一个小小的震撼，给了我一个深刻不忘的印象！似乎，似乎早就应该有这么个定格在等着我！在定格面前，我思维放空，手足无措、呼吸不畅，像是一种空前的完全被制约的感觉！下意识中傲气收敛不少，耳边只朦朦胧胧地听见他小心翼翼的一声"请进"，便逃脱般地抬脚，循着早已进屋女友的声音走去。

进屋后，只见白墙红地一尘不染，东北特有的大炕平展展，炕梢摆着长条矮柜；我知道当地人称此为"炕琴"，用以堆放衣物，有 4 个镶着五彩玻璃的小柜门。柜上整整齐齐叠放的几套被褥有棱有角，苫着绣花的大幔帘利利索索。迎门挂着的大镜框里，摆的是一般居家少见的中国地图。几个方凳子铺着镶荷叶边的白布罩，装饰得规规矩矩。整个屋子给人的印象，朴素、洁净、亮畅。在那位刘姨的热情招呼下，我又看了毗邻的小房间，只见南墙有窗户临街，窗下摆了东北特色的写字台，人称"一头沉"。写字台上散放着几本书，我眼睛一瞭，有陆游、李清照的诗集，有《钢铁是怎样炼成的》……小柜旁安置东北少见的铁艺床。转过身来，见房门边的墙上挂着一支长箫，乌红铮亮，一杆双筒猎枪紧挨着，还挂有一把带鞘的长刀，有文的有武的，刚柔并济，兴许还带有镇宅作用，挺有意思。刘姨在一旁，以非常自豪的口吻絮叨这一样又一样的摆设，如数家珍，夸耀着她的大儿子："这房间归他一个人用，两弟弟都不敢乱动他喜欢的东西。吹吹箫、擦擦枪、弄弄刀、看看书，下乡去农场，回来想办返城，都他自己忙活着，谁也不能多问什么情况，他自己扛着……"

刚才被笼罩的感觉还没挣脱出来呢，又心猿意马地听刘姨说；可应付不了这番忙碌，我赶快示意于莲谈正事！也顾不上刘姨端茶倒水的张罗和挽留，更不能正视那不离左右、一言不发的她儿子。于莲问明箱子制作进程后，我们就匆匆道别。出门时，大狗已被远远地拴住。脚下生风，几步就迈上了大道，心里却是那些许被牵扯的扑腾扑腾。顺道要拐弯时，我下意识地回头望去，真的见他正立定在房山角，朝着我们的方向一动不动，只有一抹衣角被风拂得飘忽摆动。我赶快收回目光，收回心猿意马，拐过去快远走……

于莲的无意识，造成了那一瞬间的定格与被定格。公正地讲，我应该永远谢着她，而李金石同学往自己身上揽功，说"只有自己想要的人，找到了，就注定挣脱不掉"，他会"法术"！在看见我之前，他就从于莲爸妈的渲染中听说了我的不少情况。机缘巧合——我要做木箱，才得到机会，让妈妈去于莲家"请战"，揽下了这活，才有幸见到了我这个人，才知道那些夸耀的语言太逊色！

李同学一顿忙碌、一番折腾地做好了箱子。没用一根铁钉，采取的是卯榫嵌合的细木工手艺，并且刷好清漆，打好了包装。因为黑龙江木材不外流，还找关系批条子，两天后我去验货填了地址，终于装上了闷罐货车，发往上海了！

我也该回连队了，我的家在那里……

再　识
——在 1973 年深秋

挥汗如雨，战天斗地了几个月，秋草枯，粮囤满，转眼入冬了。

连队通知：凡被安排去大兴安岭地区采伐的齐齐哈尔籍战士，可以提前回家略作行装准备，因为大山里物品缺乏，让行前自己购买备足，并要按预定日期在齐齐哈尔火车站统一登车北上。这是利用农闲，用战士们的劳动去换取林场的木材，运回兵团后修建营房。

自从进到兵团后，我似乎一直在承受着命运对我的不公。很多重活以外的轻活都不与我相干，食堂帮厨啦，菜园看护啦，护理伤号啦，都派不到我头上！撰写了稿子，别人上台念，那人成了先进个人；写了文章，别人去广播，结果被他人署名；都由不得我。只有可怜的"侥幸"——才有机会一天不下农田，在宿舍写一天字……我远在上海亲爱的爸爸妈妈倘若知之一二，得多痛心啊！

机会不可阻挡地来了！大兴安岭那边对口的壮志林场，检尺员都由娴熟灵巧、精明强干的上海女知青担任。因此团部也决定：除了伐木要男战士，再挑几个聪明干练、会打算盘的上海女知青一同前往，那样，采伐下山的木材就由双方共同检尺、确认立方，然后收进大垛仓库，再择期按数运往兵团。鬼使神差，全团数千号上海女知青，我被指定为派去人员之一。去那里工作整整一个冬天，工资待遇由连队的 32 元飙升为 108 元，我悄悄地乐了好一会儿！可是，几年的集体生活都是对付着过，自家上海遥隔数千里，我的日常生活自然缺东少西，怎么办？于莲说："这么办——请假，陪你回齐齐哈尔家里去准备，到时候直送车站就行了呗！"对呀，走人……

于莲的父亲利用住家的门面，开着小裁缝店，承接加工服装，技术可以，客人络绎。她母亲服装厂上班与她刘姨一个车间。我来来回回，耳濡目染，剪、裁、缝手工活也得益长进不少。这不，为自己衣裳缝缝连联的，方便顺手，又添置了一点必需用品，顺顺当当。接着便按时按点，一行人奔向火车站集合。可是，到了候车室却没看见一个熟识的战友面孔。哟，怎么啦？那时候没电话、没手机，没地方打听。我只好奔车站问事处，好说歹说得到答案：由于票务缘故，几十个人的团体票经协商，已于昨天提前北上了，今天连站票都卖完了。哎哟！正团团转呢，看见一个战友了，他说，能通知到的人，都昨天上车走了，其他暂缓，等通知！他是家人不让他去深山老林，这会儿来车站看热闹的。

我多么看重这个契机啊！没想到又渺茫啦。不行！我哪能暂缓，我不能暂缓，尽管对壮志林场方位一无所知，我也要追过去，追过去！查看高挂着的巨大的时刻表，得知半夜还有一趟慢车，我决定只身前往。问售票处，回答"座票满员，只有站票了"，我买了站票。这么长时间没地方歇歇也不行，只能打道回府，夜半时再来。

真难啊！这边塞小城市晚八点就没公交车了，又没其他交通工具，这大包小裹的怎么弄呢？于莲的爸妈见我执意，出主意："找金石，大小伙子弄几辆自行车，连人带包驮去！"于莲妈还说"那刘姨最近好几次打听你阿婷的情况呢，正好，找他们一定行！"。大伙儿也都说行。可我犹豫：已经麻烦过人家了，还没机会礼谢呢，怎么好再开口！其实，讲真心话——应该是我怕见到他，因为有了那一次的定格，我不平静了很长一段时间，我在他面前好像施展不开什么，看见他我会透不过气来……我能跟任何人说这种感觉吗？我说不好，别人也听不懂。但是，能通过进山检尺，改变一个时期内的自我，这个信念容不得我顾及太多了。当大家再次催促时，我主意定了：行！而心跳明显微微加速，直至进到他屋里，依然听得见咚咚咚咚的声音。

北方的太阳走得匆忙，人们都习惯早睡。待我们一行人敲开门，被刘姨引进屋时，炕上已依次铺开被褥，两个弟弟正宽着衣裤，满炕打滚闹得欢呢。那李同学也闻声过来了。我没料到情急之中失了礼——他们一家子人都要睡了呀！尴尬之极，想退都无路了，只好眼望天花板，听凭于莲急急地跟众人说着情况。一通快速的窸窣，李同学和他的大弟弟都已穿戴整齐。他走到我面前，缓缓地说："别着急，有我呢！我知道半夜的那趟列车，用车驮去，来得及！"高大的身影，又让我有了那种被笼罩着的感觉，也不知道该怎么应酬他，大家伙儿就簇拥着出了门。几辆自行车在院里集齐了，屋里的灯光泻在小院里忙碌的人群中，只听他安排着别人驮着行李包裹，先推着上了大道。没等我思忖，他已经把一件军用皮大衣抖开，叫我伸胳膊，几下子把我包个严实；返身推着他的自行车，说声"走吧"！便领着我出院门，上了大道。他右手扶车把，左手一个请姿，把我安顿在车樑上，一偏腿朝前稳稳地蹬去。恍惚中，我觉得自己此刻如同一只迷途的羔羊，被圈进了一个温暖的巢，被关怀被保护着，我有点怕，怕以后会为眼前这一切付出什么……

北方的夜，那风更甚于白天那种凛冽。我穿着厚厚的军大衣，身体尽力前倾，下意识地不愿在他的整个怀抱中。而他呢，正努力地往后挪，尽量不碰触庞大的我。我有点知道，他骑的是一辆苏联赛车，车身短，车樑更短。两个人在有限的空间，不管怎么努力，又尽管包裹严实，我的额头还是时不时承受着他的鼻息，寒冷的夜里竟有他体温的传递。有一刹那，我觉得自己胆大了许多：我是一个强者，我什么都不会怕！悄悄地，心灵有了某种依赖，没敢细想，不能言说。一路上，他在有意的靠后，又有意不去与驮行李的亲友并行，悠悠地、稳稳地携带我往前驶去。真的，我还没有跟异性有过这么亲近的挨靠，这么无奈的倚靠，禁不住一丝丝的忐忑不安……

远远地看见车站的大楼了。他撒腿下了车，轻轻地对我说："下来走走吧，坐车也挺累的，时间来得及。"我顺从地挪离了车樑，活动着因为紧张、因为久坐车杠而有点麻酥的双脚，跟他并肩向前走着。稀稀落落的路灯在地上映出了我俩的轮廓，随着走动时而拉长、时而缩短，正走向灯下，前面一个椭圆的凹面，我下意识跳开一步。他又说话了，还是那样柔和的声音："上了火车多当心，别跟生人说话（真傻，我走南闯北好几年，都20大几了，用不着听人吩咐）。到那边，山里更冷，少在室外待着，天黑千万不要进深山老林，碰上个野兔也得吓一跳。虽说在场部检尺，毕竟人生地不熟……"！他还再三嘱咐：到达目的地，千万千万写封信来！我窃笑：写信，咱会呀，还会写得明明白白呢！哟，怎么又多了个家长，什么都嘱咐，什么都不放心，我算你什么人啊，嘻嘻，有意思！

大概觉察出我隐隐的不屑了，他闭嘴不再出声。我侧头看，他的神情里分明还有话要讲。自己赶紧收敛一下，毕竟他在全心全意地帮助我呢，就让他尽心尽意吧！顷刻间，依稀觉得他嘴唇真的还在懦嗫着什么，我踮脚向上探去，又没听见什么，只觉得他的急促呼吸，只觉得他的欲言又止，我不敢再调皮了，老老实实地待着，老老实实地低头看地上那两个身影，踩着那身影，跟着他前行……看得见站前的人影憧憧了，他似乎也醒神过来，柔声招呼我："时间快到了，上车吧！"还是这辆自行车，再次坐上，觉得车身又短了许多，分明听得见两颗心砰砰跳动的节拍韵律。不容再想什么了，自行车载着我向着火车站，向着我的明天，向着我的未知和转折，奔过去，奔过去！

许多年以后，我们还常常会争论这段送行前后发生的点点滴滴！我承认我那

时的任性、调皮。他说，不！那
段时间他正急得团团转！我回连
队一去不返，他找不到一个合适
的、优雅的方式，向我展露自己
的风度和魅力！因为我要进山，
我的再现，让他喜出望外，觉得
是上天的眷顾，令他既激动又紧
张，还有一点怕。于是小心翼翼
地呵护着我，生怕他这外形强悍

当年齐齐哈尔市的火车站

的东北人吓到我——一个他梦寐以求、一见倾心、满心喜欢的可心人儿。

是有点傻，呵呵！

序幕的掀动

转眼进山已经一月有余，呵呵，经历了好多稀罕事儿。

虽然我当初晚到了一天，但那时团部与林场的很多具体操作都仍在协调中，检尺员待命！我就要求先去采伐点第一线蹲守一个星期。我敢在晨曦未见时，去密林里寻找冰层下山泉的流经处，捡石头砸开口子，舀泉水挑回食堂做饭用；也敢学着男战士举起开山斧，抡圆了，劈向那冻得沉甸甸的树木段子；也跟大家一样，挤住在帆布帐篷里，体味现代野人式的生活情趣……尽情地奔赴在大兴安岭那山峦起伏、密林无边、冰天雪地的旖旎风光里，把进山前的一切都忘在了脑后！直到山下指挥部派人来找，这才恋恋不舍地下了山，与其他连队的检尺员汇集，一起住进场部大院，认认真真地开始了此行的工作。

离开了连队的我，结识了很多新朋友。也算是出门在外，每个人都很努力，把检尺工作比划得像模像样。每天八小时工作时间里，从头到脚捂得很严实，在长长的传送带旁边，长长的检尺架子上来回遛跶。有车从山上下来了，由库工们卸车，直接把原木扒拉到传送带上。有专人手持号锤，传过来一根就打一个号印，同时报直径、长度：3米—24；4米—28；6米—26……洪亮的声音传得很远很远。双方检尺员分别在规范的表格纸上忙碌着，准确地记录着。随着知青们越来越熟练的采伐，一天到晚不停地有运材车下来，忙得不亦乐乎。收工时就计算立方米，密密麻麻的记录，两边检尺员分别合计，总数一对比，当场有差找差，无差签字。那时可没有计算器，全凭一手好算盘劈里啪啦地拨打，这可是体现功力的刺刀见红！我几乎零差错的手法，是自小由爸爸悉心教授的，并且能左手拨打，同时右手记数，精准、快捷，很洒脱。这样跟林场的上海知青相处，自然合作得很愉快！我想这一定都是浸润了黄浦江水的灵秀之气所致吧。一天正常工作完毕，便聚在宿舍里烤着火，聊聊人生，唠唠文学，唱唱新歌，心情真是美妙极了！因为指挥部地处山坳，林场的工人们都散住在它周围，形成一个大大的群落。白天只见积雪下的矮房矮院里，木拌子堆码得比房高。人们除了上班，就是老实在家猫着，一片荒芜中，生气寥落。到了晚上可不一样了，咱兵团指挥部里还有女炊事员、女卫生员、女文书，加上我们女检尺员，叽叽喳喳约着去登爬就近的小山坡，再望山下一瞧，嗬！山下远远近近的，红得一片烂漫！因为山里寂寞，山里人家家晚

大兴安岭林场

上都攀比着，高挂那红灯笼，图吉庆，避野兽，在白雪黑夜的背景下，微风再一忽悠，众多红灯笼摇曳，煞是生动，真好看。我们一阵欢呼！惊动了首长，挨了一顿剋："安全！安全！滚下山、摔了人、招了兽，可不是闹着玩的！"……呵呵，原始的山野，无路的径，辨不了方向的黑，呵呵！不敢了！不知不觉，一个多月就过去了。

又是一天。下班了，只见宿舍门口站了两个男生，近前一看，是我所在连队的战士，兴许是来找我的吧，招呼着进了屋。我知道他俩都姓孙，是连队重组时并到我们连的，算得上形影不离的好朋友！待坐定后，只听其中一个腼腆地说："晚饭后，想约你出去谈一点事！"我听不懂，他指了指那位，说是他想找你，你一定要给个面子。我望了望未曾开口的那位，心里直纳闷：我与连队的男生都是面面相觑，从不交往，找我干嘛？再一想，人家大老远从山上采伐点赶下来，那是真有事，就痛快答应了。晚饭过后，他真的在大院门口等着我呢！我就走了

过去，自然开口问他："有什么事儿要找我呀？"他躲开我的眼光，抬头望着夜空，直截了当说，自从他的连队兼并过来后，一直注意着我、观察着我、打听着我，觉得我是非常完美的女人；如果我真的没有男朋友，他愿意来当这个角色，他一定会永远的对我好！我清楚地记得，当时听完他的表白，我就咯咯咯地笑了起来，把他笑愣了，问我"这是不是愿意的表示呀"？我好不容易摒住不笑，明明白白对他说："我很好，我自己知道。可不管有没有男朋友，整个事情是不会跟你有一点儿关系。快回去好好伐你的木头吧，注意安全，我们只不过是一个连队的战友而已——而已。"他绝对想不到，第一次跟我讲话的结果就令他张口结舌，我的坦率让他猝不及防！我其实知道大本营那头的连队里，有好几个女生围着他转，据说都欣赏他的幽默和口才。而在我面前，他无法续下一句，就老老实实地走了。第二天，他的伙伴又来了，劝我再考虑考虑，说他已经酝酿了好久了，得知你被选中进山，也强烈要求申请进山伐木，好有机会单独对你表白，"就给他一个机会吧！这不，还求人买了两听罐头送给你"。太好笑了，我想都没想，就告诉对方：你去劝劝那人，别费神了。我知道他不坏，所以昨晚才客客气气那么说，这个事就到此为止，谢谢你们跑过来一趟，就算是看看战友了……他也只好纳闷地走了，罐头说什么也不带走，说"打扰了，表示歉意，请千万别透露此行，挺没面子的！"我待人多有恻隐之心，这里的汽车连长也是上海知青，我请他安排了最早的进山汽车，把他俩捎上。罐头嘛，正好顺手送人情。

　　我承认那两位孙姓战友是好人，他们知进退也显得比较理智。呵呵，可胆儿大，太唐突了！真是不知道我怎样的性格。我心目中的排行榜，宁缺毋滥。但是那句"你是一个好女人"，让我自觉骤然长大了，说明别人已经这么看我了，话虽糙点儿，但挺有意思，这不存心催弄人嘛！哼，不由得拿起笔来，向于莲写了到大兴安岭后的第一封信，告诉她发生在山里的好多事情，当然着重写了这件事。因为她也认识同一连队的他俩，一定会跟我一起笑这对碰壁的人。呵呵！不料只顾笔下畅快的我，竟给自己惹来了大麻烦。

　　约半个月后，我从随队文书手里接过一封来自齐齐哈尔的信，厚厚的。信封上的字有点眼生，心里几分明白几分糊涂，管他，拆开再说！看了信的开头，又急翻末尾，我便身置云雾般的晕眩里。一点不错，是他写来的……坦诚地讲，我的灵犀早已告诉自己，他会拉开这个序幕，我只静静地等着就行了！可没想到这么快就到了开演的时间，这么汹涌地就朝我奔过来了！

　　从信里看得出，李同学的文笔不是那么好，但是整篇表达的意思清清楚楚！他盛赞我的一切，感激我的一切，满含歉意地解释着：由于他在选择时机上的失误，这封信中要表达的一切，本想在迎接我下山之日向我当面倾诉的。可是，自

李金石当年的来信

从帮我托运走大箱子，我回连队后，就如断线风筝，他得不到我的任何信息，只有隔三差五让他母亲、弟弟去于莲家察言观色打听消息。我这一进山，更是"泥牛入海"渺无声息，想着猜着，不得所以。当下，听说有二孙造访，猜测我一定受到伤害，所以实在等不到我下山，他就不顾一切地用笨拙的笔触，赶紧向我倾诉他的满腹情愫，请我千万原谅他的冒昧，千万别笑话他的表白，也别嫌弃他的出生籍贯。从来信中，我明白他苦苦等待的就是我！在他的眼里，我是那么地善良温顺、知情达理，而且不卑不亢，傲而不露。他原来不相信有一见钟情的事情，但是第一次看见了我，他完全信服了！他想方设法打听我的情况，承受着烈火般的热切而无法与我交谈的痛苦，承受着长期不得随意看到我的煎熬。在他意外地获得送我去火车站的一路上，他是那么感激我给他的机会，内心窃喜不已！他也是一身傲骨从不愿受人摆布，却心甘情愿随我而左右。他坚信我会接受他的感情，一定不会拒绝他！他说我才是最适合他的人，他也是最适合我的人。再三表示他"冰冻三尺非一日之寒"，无论将来出现什么艰难困苦，也要和我走在一起，要对我负责一辈子，任何人任何事都阻挡不了他这个坚定地信念……

　　捧着这几张滚烫的信纸，我的心被他的倾诉燃烧起来，久久不能平息。慢慢地咀嚼他的话语,回味着与他相识的点点滴滴,梳理着传闻中他的经历、他的为人、他的德行。再看看满满几页纸上,竟没有一个"爱"字,是赤裸裸的爱不好意思写上去,还是他的矜持作祟不直白地写上去?还是怕我嫌他唐突不敢写上去?可我明明听懂了他的心思,感到了他那奔涌的情感。笼罩我的影子渐渐地清晰,渐渐地给了我些许美妙的质感!

我,愿意接受他的感情。"爱"全然是一种感觉,一种默契,一种飘然,而不是一个声音。他和我竟然一样,我窃喜!

我没法给他回信,我怕我的灵魂会被他握住,就更逃脱不了。我要好好地清醒一下头脑,静静地、再静静地想一想。我身边没人能商量,我也不能和别人商量有关交付灵魂的事情。等着吧,这一切!

可惜的是这封信,极珍贵的第一封信已经找不到了。都因为我调皮,在以后的以后,我非要让他说清楚写这信时,每句话后面的那些潜台词,追问得他直告饶。而后趁我不备将信藏了起来,几经辗转竟然找不到了!我一直埋怨着,可他有理:已经转换成实体了,都刻在心里了,还需要那几张纸来背书吗?

嗯—嗯—嗯,小心眼的我,总觉得是可惜了。

我任性
——发生在 1974 年 5 月

终于听到了采伐圆满结束、全体整装下山的通知,山上山下的战士们一阵欢呼!半年的共同生活,一起工作,一起欢笑,我和不少新同事处成了好朋友,相互郑重道别,相约回团后一定到各自的连队互访,一定不能忘了这一段美好的山里时光。

在回齐齐哈尔的火车上,我的新伙伴——海滨,要在半途下车,将我们林场特有的红松菜墩和做烟斗的材料赠送给那里的一个朋友。她热心,跟我约定两人先别回连队,第二天在齐齐哈尔市火车站接她,一起逗留几天再回团!因为她父亲的战友在齐齐哈尔当着市长,首次拜望就邀我陪同作伴,我自然一口答应。其实,马上回连队,我好像也有点说不清的不安,她的相求倒让我心安理得了许多。

当我大包小包的出现在于莲家时,于莲也正好送病号回齐齐哈尔,趁机小住几日。她一顿埋怨,"怎么不来个信告诉准确日期",说"可有人惦记得派人来过无数次,无数次探听了"!我笑笑,一下子也没有办法说清楚什么。洗洗涮涮归置完,不一会儿,就见来了个半大小人儿,我知道那是他的小弟弟。那孩子鬼机灵，不说不问。只看了我一眼，转身就跑了。我看着好笑，于莲一家姊妹们也怪模怪样地瞅着我笑，笑得我有点不自在。没办法，心里有事，得挺着！

晚饭过后，一伙子人围坐着，热乎乎地攀谈着。那小弟弟还真的跟他一起来到于莲家。见来了客人，都起身致意让座，直说"稀客——稀客"。我不晓得有没必要也让让他。刚想欠身，只见他那么高大的身躯正规规矩矩地朝于莲的父母躬身一礼，我不禁噗嗤笑出声，怕他尴尬又嘎然收住。只觉得他的眼神朝笑声处深深地望了一望，就近坐下与他们客气地闲聊起来。于莲嘴快，显山显水地说，明天早上她要和我去火车站接市长的侄女呢！他立刻转身向我，问几点车到站，要陪我们一起去。我可不想没名目的又要与他同行，便简要告诉他："我们去三个人呢，海滨的东西都送朋友了，没啥可拎的，只接个人，不用麻烦。"他黯然了片刻，起身告辞。我有点不忍心，便起身送行，意思意思……趁着过道狭窄与他错步的一刹那，他低声问一句："我的信收到了吗？"看着他，我温雅地一歪头："没有啊！"他的忧郁神情一扫而光，轻快地走出门去，回身又低低地说："下山了应该直接到我家去！"我嘻嘻："找不着！""那明天我过来领你……"不等他用毛嘟嘟的大眼睛盯着我，我不置可否地转身进屋，心里的不安已悄悄平伏。明天？明天的事明天再说了……

第二天清晨，太阳还在沉睡，我已起床动身，出门走了。本来说好于莲姐妹一起三人去车站的，可是昨天言语间知道她们家全体都对权贵极感兴趣，坏了我的心绪，而且海滨那里也不好交代，就临时改了主意，不让她们跟着了，自己去。愿意不愿意的，我不管了！

我一人走在空旷的大马路上，东边天上刚刚露出一线鱼肚白，清新、湿润的空气沁入肺腑，又因为卸掉了笨重的冬装，我一身轻松。再加上那么一点点好心情，步履轻快地朝前迈进。这座城市当时还地广人稀，又是一个朦胧的清晨，路人无几。走着走着，觉得身后似乎有动静。侧首睨视，是一个半新不旧的人蹬着一辆半新不旧的车子，还直响破轴声。我往道边靠靠，继续走，谁知那破轴声老跟着我。我快他也快，我慢他也慢，让不过去！我气恼地回头看了看，不料那人竟嘻皮笑脸地下车挡住了我，问："是不是去火车站？我和你一起走！"我瞪他："你好像管不着！"接着走。那破轴声继续跟着。我思忖：这可不太妙啊！左右顾盼，正好到了一个十字路口，想干脆拐个弯，摆脱他再说。这时候，感觉马路很宽，若右拐是条便道，道边的"南味馆"饭庄还没开门营业，门窗紧锁！往左拐，就得穿过大马路，可正好是往他的家去的路径。我毫不犹豫向马路对面走去……谁知那家伙竟也拐着跟了过来，这可真的遇上不测了！我告诉自己：一定要沉住气，多走一步就胜利一分，脚下加快了速度，后面也加快了跟进，噢——噢——噢！

前面再一个拐弯，就看见了灰墙高脊的房子了，我的——我的保护神就在那儿，忍不住以更快的步子朝那里急走，快、快！骑车人可不容我有半点侥幸，紧蹬几下，正赶在那房子的对面下了车，车把一横，把我挡个严实，"你别走了，你跑不掉的！"我看了看他那恶狠狠的样子，一副下流胚子的嘴脸！还色眯眯地说："一看你就是个小上海人，你别喊，这不是你们上海，没人敢来救你！乖乖的跟我走，让我玩会儿就放了你！"天哪，我哪听过这种下流话，刹时气得心直蹦！我，一个小小人儿，与生俱来有一种临危不乱的作派，此时起了作用——心里再次警告自己一定稳住神，绝不让歹徒得逞，我这冰清玉洁的女儿身不能让他毁了！定神略微想了想，便装着满不在乎、天真无知，用话跟他对付起来，说上海，说兵团，几句来回，那人的架势松懈了一点儿。远远的有两个人影朝这边走过来，朦朦胧胧的，看不清所以然。那歹徒立刻凶相毕露，从身后嗖地抽出一把尖刀，一下子顶在我的腰际，恶狠狠地说"你敢喊，我捅了你"！我侧脸看了看那把三角式的凶器，约七八寸长短，闪着白光，强行镇定住自己一动不动，偷瞄着越来越近的两个人影。哦，是两个半大孩子，扛着竹杆还绑着网，是赶早去捞鱼虫的。幸亏，幸亏没有冒冒失失地呼救，否则反倒伤了自己！那歹徒见我一声没出，以为真把我吓唬住了，待两个孩子走过我身边以后，便收起了刀，指指路对面房山墙边的小胡同，说"就去那里边吧"！我顺着一看，正好是指着灰墙高脊的房子！天哪，这我还等什么呢，趁他转身去推那破车的功夫，我拔腿几步跑过便道，沿着山墙向着院门冲过去、冲过去，大声喊着："刘姨！刘姨！刘姨！"待我刚刚触摸到木栅栏，那歹徒也齐车扑了过来。刚到近前，院里已响起了人应声和开门声，歹徒情知我已自救成功了，咬牙切齿地抬腿狠狠地踹了我一脚，嘴里骂骂咧咧地返身捡车，夺路而逃。

这时，院门打开，刘姨探头一看，赶紧冲屋里喊："是阿婷，是阿婷！"话音未落，他已一个箭步冲出来了，急问"怎么了，怎么了"？一见到他，我全部的惊恐、全部的委屈倾盆而出，哭着叫："碰到，碰到坏人啦！"他急忙往院外冲。我也顾不上许多了，一把抱住他的胳膊，说"那人有刀，有刀"！紧跟着他，1米85的大弟弟也机灵，已回屋取了一把长剑似的家什，他夺了过来追了出去，可哪有踪影？那歹徒骑车逃远了。

待尘埃落定，一众人都回屋了，还见他铁青着脸，气得在屋里直转圈，先怨于莲一大家子糊涂人，这么早怎么能让我只身往外，走这长长的路；二怨母亲，明明听见道边有人说话，大清早的肯定没好事，硬拦着，不让觉得有事的他出去看看。妈妈辩解：这外头多乱哪，能放你出去管闲事吗？大弟弟说"都是窗户挡得太严。外面阿婷姐的声音根本听不出来！"最后他怨自己："怎么没再早点儿起来，骑车伙同我们一道去车站。"未曾想到我起床太早，自己走着去车站接人了，恨得他不知道怎么才能原谅自己。其实，东北寒冷，住家们天一黑就在窗外满满挂上棉帘子，再关上木栅板，第二天天亮了才打开，承受阳光的照耀。孙海滨7点半抵达齐齐哈尔，而那里公交7点钟才发车……这时我心里很明白了：谁都怨不着，是我自己太任性、太逞强，太不谙世事！

我哽咽着，他不知道怎么安慰我才好。替我轻轻地擦眼泪，轻轻地扶扶我的肩，嘴里不停地询问伤着没伤着，周身上下查看着。只听"哎哟"一声，我也低头看，只见我左腿裤子膝盖上赫然粘着一个大鞋底印子！我虽噙着泪也忍不住笑了："是那个坏人刚刚踹的！"他边拍灰泥边恨恨地说，真是无法无天了！如果逮着他了，就非得先把他腿给卸了。

我心绪渐渐平静了，对他说，我还要去车站呢，这都快来不及了呀！

这回可轻车熟路，我乖乖地坐到自行车前樑上，心里头欢呼他的昂扬、仗义，今后看谁还敢来伤我？！依然是那辆苏联自行车，车樑没原来短了。我自如地坐着，他自如地蹬着，不知不觉间依在他宽阔的胸膛前，真是好安逸、好温暖、好心安！心情好了，禁不住又调皮起来，告诉他："一会儿到了火车站，不许离我远啰，要注意我前后左右，我还害怕着呢！""也不许离我近了，不能让孙海滨看见你，等我在出口处接到人了，你就走……"他一直老实听着，诚恳点头，这么高高大大的小伙子，也真难为他了！他见我不说了，又问："然后呢？"我说没然后，你就走你的，忙你的去吧！他说不行，我得跟着你，护着你！我想了想："这样，看我们上了公交车，你就直接去芙蓉街市委宿舍大院门口等着，我送海滨到她叔叔那里就出来"（安排别人我可妥贴了。呵呵！）。他连连答应着"知道了知道了"。我的小心眼里真很满足，乐呵呵奔出口处去了。

待我和海滨碰了面，嘻嘻哈哈说着话时，远远地瞧见他正傻站着看着我们俩呢！

多说几句，海滨的叔叔是齐齐哈尔市当时的孙韬市长。我送海滨进去时，孙叔叔已经上班去了，家里有老母亲正坐在那苏式别墅的大廊檐下，"梆梆"地剁着菜叶子，小院子里圈着小鸡仔儿呢！见我们进来，便主动打招呼"你叔叔要开会去，等不及了，中午一定回来的！"我任务完成了想告别，海滨拉着不让走。说话间，孙叔叔的两个儿子赶回家来了，要看望上海来的孙妹妹。我打量他们，那都是文儒而雅的好孩子啊！其实，海滨跟我秉性一样，想着市长是父亲的战友，那是战火中的交情，她一后辈唯有敬畏；想着自己能找上门的，没让他们去接站；想着我熟悉这座城市，姐妹作伴好说话。哦，我挺了挺身，想着还有人在外面守望着呢，赶紧告辞出来。那位李先生正跟大院警卫唠嗑呢，呵呵！

　　后来，孙叔叔还是特请我到他家里坐坐，用从大食堂里打回来的饭和菜接待，我没觉得拘谨，也不知道拘谨为何物，吃着说着。那市长抽的是"江帆"烟，客客气气，和蔼可亲，询问兵团成就，询问知青现状，嘱咐海滨只要去他家就一定带着我……

　　后来，孙叔叔去找过他那帮警察朋友，据说那天早上全市抓了5个拦路抢劫强奸的歹徒。李金石跟我商量后，一起去了公安局，他想认出那家伙，狠狠给予惩罚。我说，千万不可，我也没受到什么伤害，再说当时紧张得要命，根本没细瞧那人的眉眼鼻子都长哪儿了，去看也认不准！相信他一定会遭报应的，你就别亲手惩罚他了。他对警察说：怎么没受伤害？那小子还踹了俺阿婷一脚呢！

　　哎呀，时至今日，我依然惊叹当时自己那种处惊不变、临危不乱的大将风范。可他说我当时可是声音颤抖、神情惊恐、脸色雪白，满是泪水，真可怜啦！他恨不能一下把我揽在他怀里安慰我，可是真不敢出手，不知道怎么办才好！我笑他"真要那般，那可是趁火打劫哦！"回想起来，当时是那样——挺大个人一副束手无策的恼怒模样，挺好玩的！随口我嘱咐他，以后不要再给人行鞠躬礼了，看身段估计你也不会是日本人的后裔，点点头就行了。他说，上次因为在场人员都特殊到一块儿了，下意识就做了！在我的颐指气使面前，他已经习惯点头。——这不又点着呢，呵呵！

　　该办的事都办好了，我也要回连队了。连队离齐齐哈尔约200多公里，除了回沪探亲假，我不能没名目的轻易频繁地出入这个城市。我也该回巢梳理久违的一切了，尤其是经历了很多事情之后的现在！他情知拦不住，我也不许他到兵团驻齐市办事处去送我上一天一趟的班车，他只好又默默地乖乖地站在他家门口，目送我和于莲一行远离了他的视线。留给他的只有我的一句话：我走了，有事可以写信！

彷　徨

　　又到了享受探亲假的时节，依然得去齐齐哈尔换乘火车。坐在开往齐市的汽车上，我就踌躇着，拿不准主意，不知道走过路过时，该不该和他打个照面，挺难为人的。

　　就在上次返回连队不久，果然如期收到了他的来信。自从收到他的第一封信后，我一直没机会（其实是没想）给他一个答复，把他的请求束之高阁，冷处理。他觉得非常不安，没法知道我究竟是怎么看他，怎么看这个事的，来信也不敢多问什么，主要是向我介绍他自己的一些情况，好让我正面、全面地了解他。

陆陆续续的，我知道了他也是知青，在黑龙江依安农场生活了若干年。由于农场那种窒息般的劳作和粗劣的大锅饭，他患上了严重的十二指肠球部溃疡，稍微着凉或食物稍硬，肠胃就疼痛得直不了身、干不了活，他母亲又疼爱有加，下乡两年后，就不得不回家调养。这时候，已经有了相关政策，重度疾病可以办理知青病退。可是，相关材料送上去、退回来，再送再退，反复多次了！受尽了掌权者的冷漠，受尽了失败的挫折打击！他不求情，不去讨好，更不会贿赂（那时很多人还不懂什么叫贿赂），但是为了能离开农场回到城市养病，依然跟许许多多办病退的知青一样，百折不饶地追逐那一个个图章和签字！李金石的父亲酷爱狩猎，常年在大山里奔波，不旱不涝不保收，很少回家，由母亲领着他们弟兄三个熬日月。除了母亲在服装厂那份菲薄的工资，他自己也在城里找了份临时工，靠他在农场学到的木工手艺，和母亲一起支撑着一个家，生活中不如意的事情太多太多了，他身为大哥，年复一年，承受着生活的重负。他的早熟，他的韧劲都来自于那种种的磨砺！他常常凭藉吹箫，排遣心中的愤懑，在书籍的阅读中寄托心中的期望。受父亲耳濡目染，他也喜欢摆刀弄枪，喜欢警犬猎狗，相信通过自己的努力会让生活变好，他的奋斗会让全家充满希望。万般困钝中，不经意间，我出现在他的面前，他坚信他的人生转机就要到来，若能再有我的相伴相助，他一定能成功，他一定会幸福……

我感动，因为他对自己的家、自身的事毫不隐瞒，对我极度坦诚、完全信赖。在我眼里，他寡言中的矜持，理智中的成熟，自信中的坚强，都是一个二十四五岁的人难得同时具备的，这个年龄要承受这么多的压力，忍受这么多的不公，让我常常在心里为他不平，无声的为他呐喊，盼望生活对他眷顾些、慰藉些。相反，他又那么信赖我这个弱者，一个漂泊外乡的女孩子，我能帮助他什么呢？我的出现，我的闯入，只会给他添乱只会加深他的艰难——我可不能加害他！看着他的信，也不忍心让他再苦等，认认真真给他回了信。

当然，我抑制着，不提及他第一次来信的说法，把自己当做一般朋友那样与他交谈；以我的思维方式，以我的一知半解，谈一些见解，作一些开导；介绍我在连队的生活情况；唠唠一些人和事，谈谈感想；以一个女孩子的视角，叙述对世事的理解。无意中，也给了他深度了解我的机会。慢慢的，我会期待他的来信，并默默地打好腹稿，适时地回复他的盼望！冥冥之中似有约定，谁都没许诺什么，谁也不说破什么，都在共同期待着什么。

几个月之后，终于盼到了他的欣喜若狂——他奔波多年的病返问题终于解决了。刚把户口稳稳当当落在自己家的户籍上，就急切地写信向我告捷，认定是我给他带来的好运！我是真为他高兴，为他庆幸，他终于摆脱了一个桎梏，应该说获得了一种新生。我郑重地考虑了许多许多，提笔要回应他的内容一定是他意想不到的，一定会让他瞠目结舌的……

我感谢他对我的赞誉，感谢他对我的帮助，也感谢他教给了我很多人生道理，更感谢他为我的生活增添了很丰富的内容！他的返城成功，都是他自己坚持不懈的努力所致，我祝贺他从此以后可以名正言顺地在城市里找一份可心的工作，可以从容地安排他自己的任何事情了。而随着这一切的按部就班，这一切便与我无关无缘了！我肯定地宣布："你若还是农场的员工，只要你觉得可以，觉得需要，我想我会跟你去天涯海角，共同创造生活，共同开辟未来，因为我们平等，面对原来的你，我会毫不犹豫！现在情况变化了，你是城里人了，在世俗眼光里我们就有差距了，不对等了。我不能容忍任何人对我的俯视，我也没必要为这种不公正化心血去纠正什么。你为了摆脱困境，奔波了好几年，我没有权利再给你平添无谓的烦恼，耗费无尽的精力财力！我要为你着想，你要为家着想，所以，无论我们相识至今有过多少接触，抑或憧憬，抑或设想，都过去了！忘掉我，开始你自己的崭新生活！真心地祝福你。又逢农闲，我回沪探亲去了，不必回信，不必牵挂，让我们相互永远记得有这样一个异性好朋友！"

是的，断断续续几年时光，我的习惯思维、我的心目中差不多已经有个他，如果清空，我会茫然，我会不知所措！不管他会怎样想，我必须有个明明白白的心先剖开给他，让他来证明他自己，让他来证明我的判断！如果他有一丝犹豫，我这么做就对了！我要对自己负责，趁着自己没有完全陷进去，我有时间清醒地跟他挑明！

现在的人啊，可不理解这些！20世纪70年代，一个户口、一份口粮、一份工作，对一个人意味着生存，对一个家意味着几重困苦。城市与农村，鸿沟永远戳人心腑。这时，我坚决不能见他，我要考验自制力！我也怕见他，是我冷心、冷肺、冷心肠，背离了他！回家吧，休养生息去吧，心痛的无法忍受，躲开一阵，走吧！

待一切都风平浪静，微风拂煦，他又笑我"一眼就看透了"，说我在跟他"玩儿轮子"（东北白话：欲擒故纵），耍上海小人儿的鬼机灵！"是嘛？没有！"我否认的口气有点飘忽……哼！由他怎么说，我反正不这么做一次就是不行！

初　夜

我真的相信他，他真是不会让我逃脱，我在他手里只能乖乖地就范。这人，他根本就没计较这会儿我怎么想，执着地按照他的想法做着该做的一切。挺气人！

我刚刚回到上海，便看见了他写给我爸爸妈妈的信。真想不到他迂廻得这么出乎我意料！他可不答理我的任性，直接向我父母郑重其事地表达了他对我的感觉感情，把我们俩相识、相处至今的过程，相知相近的程度，都坦然地呈现出来。他表示：他和我之间没有任何障碍！他保证：他这一生不一定有大的造就，在物质上不一定能满足优越的我之所有需求，但是在精神上他将使我永远快乐！……俨然是一种赋予了正式身份的口吻，我猝不及防，在我没有料到的环节，他捷足先登，先入为主了。

在父母详细询问下，我嗫嚅，说一点留一点，再说一点再瞒一点。我没想到，他竟然还特地拍了全身相片附在信里，连同这封坦诚恳切的信。爸爸妈妈看了一遍再一遍，觉得他除了家境有点拮据，小伙子人还真不错，模样相貌过得去，还会点手艺，女儿也算有眼光！在遥远北方，冰天雪地的他乡，有这么一个依靠一个相伴，爸妈也就放心多了！我暗自窃喜："人家是当地那一大片里出名的美男子，天然大卷发，五官又端正，举止体态神气挺拔，外表像模像样的，扔进多少人的大堆里，也一眼能看出！（后来，我那帮人精般的中学同学，挑剔地看过之后，说他"活脱脱就是东北的秦汉"）开明的父母顺着宠惯了的宝贝女儿，默许了这一切。呵呵！

我虽然心里埋怨他的擅自动作，用上海人话讲，就是"自说自话"，可我又感到一阵轻松——这不，我自己不用决定什么了，他都已经做好了！

又要乘火车回连队了。我给于莲去了信，告知我的归期。我偏偏绕过他，哼，不能让他犯了错，也许还洋洋得意着！

揣着异样的心思，出了站台就被一帮人迎到了他的家！一路上我不理他，也不看他，谁知道他的脑子里还有什么怪主意？！令我没想到的是，他家里正锅碗瓢勺叮当响，煎炒烹炸满屋香，竟然是请了位厨

李金石写给我父母的信（原件）

师，准备了满满一桌东北菜，正等着我呢！呵呵，有点不好意思啰！我双眼一扫，还有几味南方菜肴呢！他跟随我身旁，满腔热情，询问："还想吃什么，请师傅做！"刚下火车，感到风尘仆仆的，迟疑地说"有个汤就更好了"，他连忙找厨师去，点兑一个汤端上桌。我知道东北人吃饭习惯炖菜，干的稀的一锅出，不习惯用清汤上桌的。我可不管那些，他已经让我措手不及得够呛了！

汤足饭饱之后，稍事休息。看天色已晚，我起身告辞，准备去于莲家，随口告诉他："假期算得很紧，我明天就想坐车返回连队去。"虽说小屋里只有我和他，说这话，我没敢正眼看他。他这会儿可不矜持了，急急地说："明天的活动都安排好了，跟单位已经请了假"，他要陪我在齐齐哈尔好好地玩两天。再说，他盼到今天是多么的不容易。我断然说不行，一定得回去！其实，这一是有意要气气他，谁让他画圈计算我？二是第六感觉告诉自己，面对他的全线出击，可不能迎头赶上，得先躲一躲。他迟疑地看着我那坚决的样子，只好摇摇头，由着我任性去了。但是，固执地不让我再离开他的视线，美其名曰："好好在家里休息一夜，火车上呆几天了，太累，于莲家人多太乱了……"有了那次被劫经历，于莲全家对我呵护不力、掉以轻心，他很有看法，偏执地与他们减少往来。为了打听我的归期，又不得不让鬼机灵的小弟弟天天去于莲家察言观色听消息。他坚持说我在齐齐哈尔市有家了，不能再去别的地方。

我强拗不过，只好答应留下，心里很是不安！虽然我漂泊离家，大南大北地来回奔波，况且那时没有直达车，为了早日到达，在沿途大站都换乘过，随遇而安的时候不胜枚举。但是这次绝对不一样，我是在他身边，在一个处心积虑想方设法，虎视眈眈地想要俘获我全身心的人身边！可是，我又那样地信赖他，内心更依恋他，很久了，我不就是要寻觅一个温暖的、一个让自己心安理得的港湾吗？

一旦决定了，心也就静了。他兴高采烈地按他妈妈的指点，把被褥搬出搬进就绪，平展洁净的铺盖准备妥当，就心满意足地挨着我，并肩坐在床边，什么都不说，就是看着我！我可不能让他太得意了，我得说话，告诉他可想清楚了：我的生活习惯，我的自傲任性，我的不服驾驭……他都要全盘接受；我耳朵有点背，他要学着抬高音量跟我说话；我远离父母，无论什么时候都不能欺负我。问他可考虑好了？呵呵，他只会看着我笑，只会连声允诺着。我一定让他也说具体，他就憨憨地一句：只听你的就行！哎呀，一点儿也不像我！

不知不觉间天已黑尽了，他家里众人都静悄悄的，不打扰我们。我也说得差不多了，提醒他该回大屋了。他看不够似地望着我，迟疑地挪着小步离开了。

旅途的疲劳，加上这心里劳神，我也真累了，不多时，便蜷在松软温暖的被窝里香甜地睡着了。也不知道在梦里徜徉了多久，觉得有点异样的感觉。拐出梦来，朦胧中好象是裸露在外的手臂被什么触动着。我强睁开眼睛，看见明亮的月光透过窗帘上的碎花图案，星星点点地装饰满屋满墙。在我身边，正坐着身影高大的他，右手上擎着烟，红点一闪一闪着；左手正搭扶在我手臂上，缓缓地颤颤地轻轻地抚摸着。我克制得自己一动不动，从未有过的、令人醉心的激情在全身涌动着，真的是好感动好感动。我不设防，他也不趁虚，遏制着本能，克制着冲动，只图这么静静地守着我！我不能惊动他，让他醉迷在这份甜蜜、这份温情里。许久，他按灭烟头，整个身躯转过来，俯首看看我，才发现我那一刻竟然也在静静地望着他！就这么样地，黑暗中两颗年轻的炽热的心相互久久碰撞着，那样倾心，那样专注，那般深情，我一辈子都忘不了！刹那间，我对自己说：认命吧，这样的男人我没有理由拒绝他，注定要跟他厮守一生一世了！我柔声说："你怎么还没睡啊？去吧，回大屋去吧！"他两手紧紧地握着我的双臂，急促的鼻息直扑我额头，恳求着："别让我走，别赶我走，就让我这么看着你、守着你，求你了！我绝不伤你，你安心睡你的吧！"我真是无法表达那一刻的内心的感动，我不能再赶他出去，可也不忍心让他就这么坐着啊！幸好，床很宽，我把我的外衣裤叠成枕状，再将我上面二层被挪出一半给他。就这样，他面朝着我合衣躺下，握着我的手；他的头轻轻地靠着我的枕边，安心地睡了。

真的，直到今天我依然感动，依然想着那样一个时刻，他若真的要我，我都会毫不犹豫地把全部身心都交付给他。可是他真的没么提出，真的没那么做。到什么时候，在很多人看来，这是不可能的事儿。可我的金石就是这样，我真的没看错，没挑错，没嫁错，我心甚安！

热 恋

第二天，他恋恋不舍地送我去兵团办事处。我允许他送我过去，因为我承认了他的身份，就没有什么可躲闪、可顾忌的，所以尽可堂堂正正、大大方方地面对众人。

那汽车还在加油加水的准备着，看着人群中鹤立鸡群般的他，我觉得幸福与我近在咫尺。他对我嘱咐又嘱咐，当心这个注意那个，我老老实实地点头再点头。叫我到了连队就给他写信，我也连声答应着，看看他那样儿，怡然自得，心满意足！

我就是这样的女性，有了让我倾心的男子，就会自觉不自觉地迷失了我自己，何况是听几句吩咐，当然乖乖又乖乖地应承着。

车终于启动了，直到驶出老远，后面天地快成一线了，他似乎还站在那路口一动不动。

当晚，我便伏在炕沿儿上给他写信，向他正式宣布我的决定，从现在开始，他是属于我的，他终于找到"组织"了（我可不说我属于他，啥时候主次位置也不能随便颠倒。呵呵）！为了早一点让他知道他的归属，正好隔天有个朝鲜族战友回齐齐哈尔办事，让她带到齐市一投，两天准到！想象着他一定会傻乎乎的兴奋，作为我的一种施舍吧！信是随人走了，可是一晃半个月没见动静，这可不像他的风格，通常只有我慢吞吞的回复，他可是一天都不耽误的。想想再写封信问问吧，第二封信寄出，六天后才看到回信。不是那边天塌了，而是那位小棉袄大裤裆的朝鲜族战友只顾瞎忙，忘了投递，待要归队整理东西才发现，忙不迭地投到信箱里！这样，他同时收到了两封信。

我绝对相信，那天分别后他一直等待我去信，一天，又一天。在没有我的一点点消息后，他掐着手指头算日子，担心我又会遭遇什么不测，惶恐不安，以至于打定主意不顾一切要来连队看个究竟。（一个偶然的机会，我听说当时他——挺大的一个小伙子竟然还掉了眼泪。嘻嘻嘻！）信，总算到了！他心里又亮堂起来，像马上要过年一样了！

至今我还会提起这个过程，当做笑料揶揄他。他接着的那封回信，我一直珍藏到现在。每每翻开，都会引出我们年轻的时代，回味步入热恋时那种心灵的悸动，欣然、缠绵……在我的生活里，信成为我的忠实朋友，是我寄托乡思、抒发情感、交流思想和培育爱情的推手，是升华思想境界的不可分割的伴侣！可以设想：我与我金石同学的相知相恋，如果没有文字上的通信往来，只凭口语交流，很多思想深处的看法和细微情感的倾诉，就都难以完善、难以表露，也不会有细细品位、领会时的激越。加上我的这个同学在口语表达上的慢拍子，我们之间一样的情愫、一样的脉搏跳动，不可能琴瑟相随般的顺畅。"我会一直一直耐心地等待着，总有那么一天，你会把你纯洁美丽的青春奉献给我……"！看着信里这一句滚烫的低语，我总是禁不住心旌摇荡，浮想联翩。是的，我是准备好了，只要我的金石再伸出双臂，我一定让他获得我这青春的灵与肉的全部！他属于我，我更属于他！

我常傻乎乎地断想：我愿他是一座山峰，我宁愿是山峰上一捧沙砾，随他搏风雨、傲冰霜、随他迎日出送归霞；我愿他是一溪碧水，我宁是水底的五彩石，映衬着他生命的波纹，承受着他的浸润……

我还庆幸18岁时的断然——无论是信念的坚定、追求的执着，还是情感的强烈、男性的霸气，两者都是不可同日而语的！虽然有年龄上的相差，但是一种与生俱来的秉性上的强弱之分，还是显而易见的！我真的感谢浦江边的那一段友谊，没有她的洗礼，我不会具备一种理智——那种审视男人的特别的理智。不知他今在何处，他的无奈收手恐怕也不会再寻到我这样的女孩儿作伴侣，他一定在后悔。

相拥间，我曾经向金石同学坦然托出我的这一段友谊。他笑说：你的一半给予了我，我便此生不虚，另一半由你支配吧！当即我便哭了，悔不该跟他说这些，枉然我意！我才知道男人的排他性更甚于女人。但是我怎能忍心瞒他点滴呢？我要给他一个透明无瑕的、完全的我。他竟敢揶揄我！哼—哼哼！直等到哄得我收住眼泪，他才正色说，这事其实怨他，若他早一点寻见我，就不会容任何人窥测，早把我安排妥帖了，哪能耽误这许多年的美好时光。真的，真是气死我了！

不能再细述了，我都听见他的脚步声了，他依然会直奔我而来……我在，家在。我不在，他惶惶然！我夸他：这一辈子，他唯一最正确的一次——就是选择我！

他认账……！

后来……

一、1976年，他跟我来上海，让爸妈最后"验明正身"，妈妈对他"三娘教子"般的教诲，一直到黎明，顺利通过！然后，我们俩办了婚姻登记。

二、一个上海女知青因为有了跟齐齐哈尔的关系，金石按"投奔夫婿"事宜给我办理返城手续，几经周折，终于落户齐齐哈尔市，分配在当地工作，安身立命。

三、1978年末，知青返城潮汹涌澎湃，我放弃了顶替爸爸进上海纺织品公司工作的机会。因为，规定回上海的条件是不能有家庭牵攀。我要安守小家，不离金石，我放弃！

四、孙海滨回上海后，跟汽车连的上海连长成家立业，混成富婆，衣食无忧，常跑美国，因为女儿在那里嫁了外国人。于莲返城齐齐哈尔市，开了出租车公司，

发家有方，辗转数年后，竟然一切不再，租房居住，寄人篱下，我百思不得其解！当年进山想追求我的孙姓战友，后来工作、婚姻都非常不得意，颓废吸毒了，竟然高楼顶上纵身一跃！说客孙后来也寻了上海知青女炊事员，最终跻身上海，安逸生活。

五、1996年上海航空公司招空勤人员之前，我已告假回沪，陪伴我儿子。适逢空勤人员招收，于是护送他一路考试，最终被公司录用。尘埃落定，众望所归，皆大欢喜。

六、1996年以后，和金石开始了我们的创业之路

幸福——幸福的模样，哪样？那样？何样？我想，就是我们这样吧！

生活的挣扎
——创业路上

（写作于 2005 年 10 月）

知青朋友，你经历过白手起家的创业过程吗？我经历过了。

那时，汹涌澎湃的知青大返城浪潮已经过去了。我先是 1976 年由爱人协助，脱离兵团，曲曲折折地迁出户籍，落户齐齐哈尔，翌年进厂当工人。

1996 年，上海等地进一步落实知青照顾政策，对已在外地安家的知青，允许其子女落户上海，继续学业。为了青春期儿子的健康成长，我们夫妇俩商量，由我向单位请假回沪。不准！好说歹说，讨到了"停薪留职"的说法，只身先回上海。

无 奈

我幸运——我的妹妹、妹夫都是非常淳朴、非常善良的人。我 13 岁的儿子返回上海后，就一直由他们监护，与他们的儿子享有完全同等的待遇，前后整整 7 年。我这一回来，又同时接纳我们娘俩饮食起居等一应事宜！他们经济状况并不

当年与妹妹一家的合影

阔绰，但坚决不要我交一分钱！从来理由响当当："一家人不算两笔账"！这是情分，这个情分我终身铭记。

乍回上海的我，一抹好寥落的心境啊，一段好难熬的日子！

最不堪的月圆时节

1996 年的中秋节，什么时候想起它，都让我感慨万分——那是我有生以来，月圆之下的最殚精竭虑、最最困顿的遭遇。无奈，无奈能解决什么？！

刚回到上海，我经妹妹同事介绍，便到一家小建材店打工。一份小小的收入，用以支付孩子上学的费用，用以支付我这个当妈妈的最少的开支。

之前，我东拼西凑在西渡买了一室一厅的房子，让我爸爸妈妈安然居住。为便于照顾已中风数年的爸爸，买的是接地气的一楼。

眼下，却是妈妈腰椎摔断，躺床上动弹不得。那天，妈妈在西渡菜场大门口没能避开斜坡上的一块香蕉皮，仰天一大跤，才摔得不能动弹。幸亏那天我休息，正在西渡看护爸爸，有人来报消息，我连忙跑出去救护妈妈，心急火燎雇了一辆叽里咯啷的黄鱼车，摆渡去对江的闵行第五医院……

别看我爸爸小中风已多年，这时他心里可明白呢，看着我风驰电掣般跑进跑出，拿钱背包、找铺垫，他老人家颤巍巍，自己扶墙挪着出来看我们，等我们。直到我带着妈妈"过五关斩六将"，医院里绑完石膏，又坐着破黄鱼车捱回家里，那时爸爸已经瘫坐在门外地上很久了，衣服上蹭满了不少灰尘，裤子早已是湿漉漉、尿味烘烘……爸爸太重了，我拖不动。妈妈不能碰，我又抱不动。天啊！我——我先弄谁呀？！我连哭都哭不成调了。

轮渡

那一顿的忙乱哦，在市区上班的妹妹闻讯后也急得乱转，托人好不容易请到新手保姆，一路公交车上对保姆速成培训，直接送来西渡家里上岗，专职看护妈妈。

爸爸因为丝毫不能自理，只能哄着他，先送对岸的闵行护理院，央求院长"只是暂住一个阶段"！很长一段时间，我是一天下班回妹妹家，陪陪读书的儿子；一天下班回西渡看望爸妈，尽尽女儿的一点点孝心。

"西渡"小区远景

中秋节了，那天一早从妹妹家出门。上班途中，买了两团糍饭包油条，捂在拎包里。卖早点阿姨打趣："哟，这是准备下班打麻将去，饿了好吃伐？"

好不容易捱到 5 点钟下班，从中山西路长宁路乘车，奔华亭宾馆旁边的交通枢纽站，去赶那个徐闵线长途车，心里着急，因为爸爸在那头终点站旁边的护理院里，盼着我去呢！妈妈在家里的病床上等着我回呢！而那个渡口的摆渡轮船，最后一班是晚八点钟。

都因为赶着回家过"八月半"吧，徐闵线车厢里都挤得满满的，马路上的车辆也挤得满满的。我有幸占了一个座位，可以稳稳当当地掏出其中一团糍饭，干吃着。天色渐渐暗了，月亮明晃晃地在车窗外看着我。饭团早已凉透，那米粒儿有点回生，也没有水喝，肚肠叽咕，顾不上啰，——啃吧！努力地嚼着，使劲地咽着……渐渐的，双眼看月亮，有些模糊：幻觉中，我的金石在东北一个人看月亮；儿子放学在回表妹家的路上，也一个人看月亮；三口人三个地方看同一个月亮！泪水悄悄滑落，和着饭团一起咽着吞着。哦，八月十五！哦，团圆……！

车还没停稳，发现已经晚上 7 点半，我迫不及待把着车门下了车，冲过马路，奔进护理院，央求开电梯的阿姨别等人了，快快送我上楼看爸爸。果然，护工用轮椅车推着我的爸爸，已经在病房门口张望有一会儿了！那个时候，爸爸还有记忆还能识别，他叫着我的小名——"阿婷"，问我怎么才来？我拥着他，跟护工一起安顿他躺下，告诉爸爸："江那边妈妈还在等着我呢，你乖一点，明天一早我再来！"他拉着我的手不松开，说："去吧，明天早点来……"我忍住不哭出声来，缓缓地坚决地抽出手，转身飞快地下楼，出门过马路，奔渡口！

我不停地急步奔走，连奔带跑，渡口迎面的时钟上已经 7 点 58 分了！赶紧赴向售票口，买了圆圆的一个绿片片；接着再跑，飞跑，栈桥的栅栏门正徐徐关拢，我声嘶力竭地喊："等一等，等一等！"我大步流星，噢！冲过长长的栈桥，冲上了轮渡船，最后一根缆绳收拢，船驶离了。

远远的，我眺望对岸离渡口最近的小区"水帘洞"。那时小区入住率还不高，没有几个窗户亮灯。我知道：如果只有一盏灯亮着，那一定是妈妈为我点着的，等着我的。

妈妈守望着，盼到女儿进门，强撑身背，斜靠在一堆枕头上，指点保姆阿姨给我拿吃的喝的。我吃不下，也咽不下。抓紧跟妈妈说话说事，嘴不住，手不停，帮妈妈把她床上手边的杯碗杂件拾掇干净，周围整理得舒适一点。生疏的保姆阿姨站在一旁，又指点她熟悉家务的一些习惯动作，以免手忙脚乱中出差错……夜深了，挤在妈妈的脚边和衣躺下，我实在疲倦了。

是夜、是月，静谧无垠；似呢、似喃，耳畔如梦；

月悬、仲秋，明皓神往；北域、南城，含泪同赏；

此缱、彼绻，婵娟共望；你惦，我念，无尽难忘！

第二天拂晓，赶早班轮渡，给爸爸送香喷喷的早点；赶着乘徐闵线，再换两趟公交线，上班去！

哦，我的中秋节，我的一整天！俗话说：三穷三富过到老，磕磕绊绊搏人生。现在回想那段时光，依旧泪眼迷蒙、感慨万千！

一天又一天，妈妈渐渐地撑着能起床了，撑着能做点小家务了，爸爸也搬回家了。我依旧，依旧在妹妹家和西渡两边住着、跑着、忙着。

身为一建材小店的临时工，我依然兢兢业业的一天又一天。咱有商场工作的经验，没两个月，原本朝不保夕、死气沉沉的门店，渐渐地有了生气！小买卖不断，大买卖也来问津了。因为会迎门三句话，因为会识人猜心理，我这一小小坐商，居然还接到了上海古北新区里鹿特丹的一项连工带料的装潢工程！咱又有建筑公司的经验，根据设计和预算，我张罗、筹措一应用料，组织施工人员，小老板带队施工，一顿忙活……小老板乐呵呵、笑眯眯的，一天来门店好几趟，感受里里外外这从未有过的兴旺景象！

那年月，我一个小家分居南北，只能约定每周六晚上去邮局打一次半价的长途电话，与我的金石听听相互的声音，问问各自的情况。儿女情长是真的顾不上，只忙碌着眼前的一、二、三。毕竟，孩子在健康成长，我也能在上海小小施展，小小收入，就这么蹚着吧！

转　机

　　那是 1997 年 5 月的一天，读高中的孩子告诉我：学校老师向大家介绍，上海航空公司要招收空中乘务员，17、18、19 岁的学生可以报名应试。我灵光一闪："孩子，咱一定去闯闯！不敢奢望能成功，就算见世面，也别错过这一招！"

　　人山人海中，孩子第一关过了，第二关过了，第几关都过了！再后来，那考官看见他，都是笑眯眯的，像是很熟识的模样了。孩子心重，幽幽地跟我说："妈妈，原来我只是想见见世面的，看着那些和蔼的招飞老师，那些神气的亮丽着装，现在我还真的很想被招收进去呢！我也会那样，那该有多么好啊……"

　　我也是心沉沉的，开导着孩子，也是开导着自己："孩子，不管结果如何，你闯到这一步，已经证明你比之前那一关关淘汰下去的无数孩子都要优秀！咱不比土生土长的上海孩子差，咱有底气迎接以后的各种选择和竞争。能进，很好！不进，也好！妈妈都为你骄傲。"孩子乐呵呵的，该上学该玩闹的，照常，心态平和——我放心了！

　　真的，谁能知道明天会是什么样？

　　又是一纸通知来了：孩子面试、体检全部通过，最后需要"政审"，请提供父母单位及户口所在地的详细地址，等待外调人员前往。我有点犹豫，因为从第一次孩子面试通过后，两个月里反复的、一轮轮的考试，等待一份份的通知，我都揪着心，捱着那一天又一天，既期望又怕失望，忐忑不安！每周的长途电话里，这件事我对那头的那位只字未提，因为老婆孩儿都远远的在上海，本来就心焦，这没有结果的事不能让他知道！这一次没办法了，无端的、上海去他单位外调，他会急蒙的！不能等了，该说了，我教孩子跟他报告："爸爸，有这么个事，我被上海航空公司录取了——要去当空乘，你说我去还是不去？"我站在旁边看热闹，意料中，那头一连串话语急切地冒过来了。我就想着给他个惊吓。成功了！呵呵。我从容接过电话，娓娓从头道来，让他跟公司打招呼，准备接待外调。

　　因为去齐齐哈尔，路程太遥远，航空公司派人去"政审"改为"函调"——来回邮寄材料，要求在规定期限内，那边单位将"政审"内容送"上航招飞办"。那边有孩儿他爸热情招呼，人事科的同志按照公司经理指示：特事特办！当天收到信函，当天填报完毕，当天到市邮政局特快专递，一口气办妥了！

　　一个电话打过来，告诉了我特快专递的那一串编码。这不，我们全体、全心全意就剩下等着收"录取通知书"了。

　　出事了？！怎么一天、三天、五天，没音讯。我这急性子没忍住，一个电话打到上航"招飞办"，询问"李嘉同学的函调信，你们收到了吗"？那边传来公事公办的口气，语言铿锵："李嘉呀，就差他的政审材料没到了，别人的，包括新疆的材料都已经到了！今天是最后期限，抓紧啊！"

抓紧？我上哪儿抓去呀，急得我团团转啊！哎，我这不在建材店打工吗，哎！有电话呀！我有办法了……

在建材店，先拨齐齐哈尔邮政局，报上那串编码。那头确认：当天最晚一班，已经发往上海了；

上海那时候叫快递局，我一个电话过去，报上那串编码。那头说："有的，到上海了，发往虹桥分局了。"；

又一个电话过去，报上那串编码。那头说，有的，中午已经送往虹桥机场了！

再一个电话到"招飞办"，那头说："没有，没看见！"

噢——噢！从头再来一遍确认：……齐齐哈尔；……上海市局；……虹桥分局；……"招飞办"，还是没有！

我是真急了，问虹桥分局："谁人签收的？"一顿窸窣后，告诉我："是送到机场北大门了，有门卫xxx签的字！凡是上航的信件都是送到机场北大门，由他们再送进上航！"斩钉截铁！

噢——噢！打那繁忙的机场总机，占线，占线；好不容易才询问到北大门门卫的电话号码。一阵激动一顿拨打，电话终于打进了门卫室。

当值的人告诉我：天天有一大叠特快专递呢！我央求他"麻烦查看一遍还有没送出的上航信件？有没有从齐齐哈尔发件，姓名李金石的？""听到电话里一阵噼里啪啦的翻动声；"没有！"……再翻，"没有"！

我真的就差哭给他听了，告诉他"快递局说一定是北大门的门卫xxx收了件，可是上航招飞办没有收到噢……！"就听他说一句："哦，另外有个门卫今天请假一天，没来。谁知道他收没收到过，他的抽屉锁着，谁知道里面有没有李金石的这封快递……"

天啊，急死人啦！我又打电话进"招飞办"，告诉他们：材料在北大门，锁在抽屉里，那人得明天上班！电话里铁面无私："那些情况，我们不知道，也没法过问，我们收到就是收到，以见到材料为准，不管别的！"

我满头满身的急汗，又不顾脸面地打电话给那位当值的门卫，好言好语、不厌其繁的直接求他帮这个忙，"这关乎孩子的一辈子啊！"请他撬开抽屉，把快递送进"招飞办"，"今天是截止日啊，啊—啊……"苍天有眼，他竟然答应了！

再苦苦捱了20分钟，我还挂"招飞办"电话，只到听见了一声最期待、最美妙的回答："哦，刚刚送过来了！"

阿门！

那天我是拨了整整一个工作日的电话，不停的，不停的，不停地拨打……因为我平时的出色工作，小老板进进出出的，忍着不说我，他知道这是正经事。

金石飞抵上海，迎来好时光

尘埃落定，录取通知书终于发到手上。隔天，我的金石飞抵上海，眉开眼笑地向我描绘：当时那边的公司里，从上到下都传开了，人们由衷地祝贺我们夫妻俩，因为那个边缘小城市里听都没听到过这种事情，而他们身旁的好朋友竟然幸运地经历、加入了，善良的人们跟着我们一起兴奋，一起畅想着未来！

整整这一轮，两个月的煎熬，值了！我长长地吁了口气——儿子的工作大计居然就这样安排妥贴了。往前看，我们家的好日子不远了！

煎　熬

随着孩子被上航录用，全家人为他、为家庭庆幸，我由衷地感谢上海，感谢公正！

因为孩子正在高中读书阶段，公司将类似情况的新员工统一安排在卢湾区职业培训中心，继续他们的学业。

呵呵，正式的通知这么写着："报到时，请携带通知单和3000元钱。"可是，手边没有这个数！我可张不开嘴再跟妹妹借；当家的又刚刚回齐齐哈尔，远水救不了近火。手指头一掰，我小舅舅家一定有……那天正是烈日炎炎当头照，我得上班，舍不得请假。我给了孩子来回车费，又多给两元让他买冷饮。从舅舅家回来，乖巧的孩子把3000元钱和冷饮钱都给了我，那一刻真是无颜以对我的孩子啊！忍着！一切都会好的……

我商量着向老板辞了职，那王守耀同学让我自己开价，意思是什么样的工资能使我留下来。我说我的目标很大，你就放手吧！然后，我让当家的也告假回到上海，两口子憋足了劲儿，要自己做买卖，一个目标：谋生、赚钱——赚钱！

因为有朋友相约，我们先奔福建，尝试着把"东北火锅"涮到南方去！开业一个月后，因为不容原谅的缘由，我们决定退出，打道回上海西渡，继续探寻我们的致富之路。

西渡，地方虽然不大，居住区域成熟，生活很方便！没有本钱，就想先试着在菜场里面开个点心铺，每天早上小馄饨、阳春面，中午四菜一汤的盒饭……！干这行，我会一点，当家的也会一点，说干就干，就这么忙活起来！因为店铺洁净，因为饭菜带一点东北味，一时间倒也人头攒动，两口子加上雇用的服务员，四个人就支起了这么个小铺面。慢慢的，混熟脸了，一些阿姨妈妈拎着没卖完的一把缸豆，抑或两斤青菜，过来换饭吃。我不好意思拒绝，受了。那时我别开生面，张扬中午"菜限量，饭管饱"，哟！一传二，二传十，很快，三个大电饭锅都蒸不过来，关键是这主张改不过来了——那些农民兄弟把限量菜省下一点后都带走，更恨不得早上饭不吃，上我这儿一顿管两餐来了……噢，这我可没法受了，这我什么时候才能捞到金啊？

又一天收市了，我们不收工，照例准备着费事费火的菜肴，提前弄出半成品，以便明天经营能快档些。我想着那酱鸡爪也不错的，"让顾客美美的啃去呗"；想着把它剁成两瓣，顺眼些、显堆些，就开始弄起来。当家的里外忙活、收拾着，嘴里直说："你放那儿、放那儿，我这就去剁！"我逞能劲儿又来了："你剁啥呀？你剁，你会的，我也会！"试着剁几个，还行。接着来！这一顺当，人就大意，再一个下刀时，手扶着爪，刀却滚了，凉凉的刀刃切掉了我左中指的一半指甲和指肚儿……哎哟哟！血是窜出去，射到案板上、白墙上。当家的闻声，一个蹦高扑过来，抓起一大把纸巾捂住伤口和整个左手，又返身拿毛巾紧紧地包裹住我的手，嘴里不停地嘱咐服务员"归拢好了，锁门回家"！紧接着上了三轮车，直往 300 米外的渡口奔去！

还好还好，有一艘轮渡刚刚靠岸下客，再有不到 20 分钟就起航了。当家的捧着我的手，紧跑着上了船。在上海，因为语言不畅，一向不爱跟人打交道的他，直接冲到

西渡轮渡码头

驾驶室，请船长一定帮帮忙，能不能提前开船，因为这边的鲜血直滴到甲板上呢！我呲牙咧嘴的，瞧着船上三三两两的人还没够20位呢！心里忐忑：能行吗？噢，只听见汽笛呜呜几声鸣叫，只看到栈桥上两道铁门隆隆滚动着关上了，噢！船开了。栈桥上还有人跳着脚，不明白这船没到时间竟开走了。

我们俩刹那间前所未有的感动，语无伦次地再三感谢；以前没曾想、没敢想的事情，轮渡公司的好心人做了，真情实意救了咱这个十万火急！

紧接着，马不停蹄地冲进医院，冲进急诊处置室。还好，刀刃紧挨着我指尖骨头切过，骨头露着但没有损伤。最终，医生活活地在伤口处缝了三针，从此我的左中手指成了毛骨悚然的尖尖头。

当家的二话没说，第二天就停店关了铺。不能再"蹂躏"自己——他和我了，咱不是干这种小打小闹的料！

当然，这次特殊的过江，永远就印在我的感动里！

艰　　难

好难啊，真的难！

看着满眼熟悉却又处处陌生的上海；看着繁华都市里那些卖断跟原单位关系，下岗了的人们；看着此前返沪的不少战友无奈窘迫的生存现状，我心情沉重。我不想这样过，我哪能这样过！

因为西渡的那套一楼房子有个院子，我将这院子装了屋顶。这样，就跟爸爸妈妈栖身同一屋檐下，一面可以照护爹娘，一面苦思冥想，寻找着适合我们在上海的致富的捷径——倘若做买卖，规模不能大，我们没有资金；买卖不能赔，我们没有后路。不敢说我有多么的坚强，多么的料事如神，肩上的责任时刻提醒我：有儿子就得备房子，嫁了外埠老公就不能让他没着落——无远虑有近忧，我得干！干—干！我们得拼！拼—拼！

仗着在齐齐哈尔日杂公司工作多年积累的经验，我们寻找繁华大上海的短版短项和空白！噢，我们发现时至今日，美丽的大上海还在使用着最原始的，也就是《为人民服务》中提到的张思德同志烧的原生态木炭，火锅，烧烤，暖锅都需要它。

金石同学拍板——从东北长途运输韩国技术的机制木炭，闯上海！因为这机制木炭的密度高，耐燃烧，热卡量大，免添加，包装又好，使用时无烟无味，符合上海对环境保护的要求，经得起上海人最精明的挑剔……好！开干！

从第一本上海黄页"餐饮类电话号码簿"翻起；

从东拼西凑那区区 3 万元，第一车货运进上海进行销售起；

从手拎着 8 公斤一箱的机炭，挨家挨户介绍过硬质量说起；

从当场点燃机炭，众目睽睽下演示燃烧中开锅的效果做起；

从每个月只卖出 6 箱机炭的可怜记录做起；

从租货车一次只送了 20 箱货，明摆着搭本钱的尴尬送起；

从为了减少费用，把机炭堆放在西渡那个家里黑黢黢的开始；

从卸货主力由我们夫妇俩担当，到能够雇人将几千箱的机炭卸下放进仓库干起，我们一步一个脚印，逐渐用质量、用服务、用诚信扩大了影响，赢得了口碑，占有了相当的市场！每天出货几百箱上千箱，仓库越租越大，大车小辆络绎不绝，常常仓库被拉成空无一箱，再与大客户协商从他们仓库里出货应急！最终东北炭厂只能保证我们一家货源不断了。

创业之艰难，日复一日、年复一年，摸爬滚打，难尽诉说……

那时候，租车也实实在在的不容易！西渡的农民司机不敢进市区，行驶到禁止的单行道，直让他们紧张；白天货车不能进闹市，晚上那满街的霓虹闪烁，红绿灯难分辨；密密麻麻的大街小巷，犹如一个个迷魂阵！金石同学更是东西不分，南北不辨，方位不明，真难为他了；够呛！

这座生我养我、原本还算熟悉的故乡，眼下发展为变幻迷离的大都市，我也只得拿着地图走人！晚上八点出发，三五家住址相近些的用户，我挨家卸货结款。碰巧那家用户临近马路，平地卸货，那是谢天谢地了。那城隍庙附近迷宫般的羊肠小道，你就仔细去寻吧。那个"洪长兴"是用货大户，仓库设在十一楼，电梯只能到十楼，咱夫妇俩就上上下下，忙不迭地搬上去！搬上去！！

我当年送货走过的小街小巷

洪长兴饭店的著名涮锅

驾驶仓狭小的空间，萤火灯光。铺展不开的地图，小如蝼蚁的字，趴在蜘蛛网般的地图上，经线 ABCDE、纬线 12345，我找——仔细找——找啊找，再找，急急忙忙的，要赶着 12 点那最后一班车渡过江。奉浦大桥？！那年还只看见桥墩子参三差五地在江中站着呢！

干中学，急中憋，跌打滚爬。那交通规则终于了然明白；活蹦活跳，指向哪就奔向哪，驾驭娴熟。碰到警察？我去，作揖、打哈哈，微笑博同情；躲不过的，罚款我掏，只求司机能随用随租，随叫随到。

哦，出力我们不怕，可这蹉跎绕不开、躲不过……

我经历过在灯火辉煌、车流如织的淮海路上，灰头土脸、汗流浃背地帮忙推那出了状况的货车，头顶着、脚蹬着，使劲——再使劲；

我经历过在和煦的阳光下，用小行李车装上 4 整箱炭，从西渡那头坐轮渡→换公交→乘地铁，在摩肩接踵、香气袭人的南京路上，咕噜咕噜地拉着，疲惫迈步；

我经历过送货的车子，清晨开到竣工通车的奉浦大桥最高处，浓雾弥漫，伸手难见五指，前后左右只听有声音来回，没见车影挪动，就怕"愣头青"的司机把我们一起蹾入黄浦江——那惊恐的 30 分钟；

高高的奉浦大桥

我经历过三伏天往浦东送货，那货车在延安路高架最顶端，被堵着两小时不能动弹，没有一丝微风，烤炉般的驾驶室里，我头上的汗滴落在肩膀上——那一声声的清脆滴嗒；

我经历过有几家新疆客户高声叱喝的砍价、一次次的赖账，无数次的"鸡同鸭讲"，面对着长相几乎雷同的新疆同胞的脸，硬生生的无言以对；

我经历过送货结账匆忙间收进了假币，去银行存款被扣下时，刹那间的张惶失措，欲哭无泪；

我经历过善心待客，实践"落地暂不结账"，最终人去店清无踪影，我白白挨了那许多的苦与累，搭了许多的款，最终空握一沓收货单据，遍寻无果，心痛不已；

我经历过人们用鄙夷的目光对着送货时的我，大惊小怪地躲着我那一身黑灰、一脸疲惫、一副民工模样的"腔调和嘴脸"；

我经历过到灯红酒绿处结货款，姹紫嫣红的财务小姐诧异地问："昨天来送货的那个东北女人，看着眉眼怎么有点像你哎！可是这风度气质跟你可远远不能比哎……"

阿门！

欣　　然

所有的艰难，我们咬牙挺着，——挺着累；挺着苦；挺着没工夫做口饭，挺着舍不得下饭店；挺着求最大的收益，付最小的支出！

我们的孩子在努力飞着，早出晚归；孩子在尽力帮着，收入全交；我们满心欢喜！那些苦累，那些不易，淡化着，淡化着，我们离预定目标越来越近了，我们的信心越来越足了。

终于，终于初有成效，买大房子！选在离外环线不远的七宝镇繁华地段——孩子驾车去机场，下班方便；一家子油盐酱醋的生活也方便。存货的仓库也从西渡挪到了七宝，规整宽敞的库房，井井有条的管理，有声有色的经营……

哦，上海，我们站住脚了！噢，孩子，我们有理想的家了！

……

生活的脚步在不停地、不停地迈进着！ 2007 年，我们举家又置换了更宽敞的住房，还是选紧挨外环线的区域。呵呵，全家人在这 "逸香苑"里，日常生活更加方便，孩子们上下班也依然方便。小区坐落在嘉定区、普陀区的交界处，闹中取静，房型也理想，有电梯上下，安安稳稳的日子安安逸逸地过着……

呵呵，当年我在东北生活的时候，还有一个小故事——因为我夫妇俩的爱心，身边多了一个乖巧的大女儿。如今，二三十年过去了，她的小小一家也在上海，正寻求致富之路呢！我首当其冲，帮她想办法，一起找店铺。说心里话，我真的挺喜欢餐饮——这个与民生息息相关的服务行业，我愿意领着女儿小两口再度闯闯这个行业，做一点力所能及的小小服务！

几番寻找，几度权衡，我们觅到了离家不远的北石路上一处门面。这里原来是小超市，刚刚停业搬走。让我欣喜的是没有转让费——我们省下了一大笔先期投资哦！更让我看中的是它地处集聚的居民住宅区，周边有普陀区五大行政机关环绕，真是得天独厚、地利人和！说干就干，孩子们全力以赴——设计、装修、添置、调集人员；我用我的知青身份签合同、办执照、办食品安全许可证，一路顺畅。还是那句老话：艺不压身！呵呵，咱这还不都会一点点嘛！店名也贴近民心——"三元粥小吃"。正因为这个区域没有类似的饮食网点，我又是上海人，会普通话，言语上与顾客容易沟通。所以，居民们非常开心，有了这环境清爽、口味家常的小吃店，他们很满意，常来常往的阿姨叔叔都成了熟客，常来坐坐的机关人员都成了朋友。我负责招呼照应，孩子们包揽出力。创业初期遭遇的那些鄙视的目光不再，蹉跎的模样无踪，小小店获利虽不多，一天天心情很不错！

转眼，一个特大喜讯不期而至——普陀区人民政府为改善民生，又一个实事项目启动了：将我铺面所在的那段似路不像路、说弄堂不像弄堂的区域，实行

普陀区政府改善民生的实事——打造 "北石路特色商业街"

脱胎换骨的改造，以期更好的将周边居民群众的必备生活设施、环境面貌，来一个彻底的改观提升。呵呵，我好幸运，我搭上的这艘阳光工程的顺风大船，经过一系列的大设计大动作，如今已打造成了一条崭新的"北石路特色商业街"！我的铺面也由原来的压抑空间，梦幻般的变成了店里宽敞明亮，店外招牌醒目，光璨璨又赏心悦目的服务窗口，"高大上"哎！我心里情不自禁地乐了好几回。

普陀区人民政府这个重大改造项目的倾力实施兼房产管理者——上海茂晶实业有限公司，理所当然地成了我与之经常打交道的对象、朋友。他们调整了区域内的业态结构，让商户们心无旁骛的经营着各自的特色；他们经常走访着各家店铺——出点子解决经营问题，伸援手协调内外关系。在这种家园般的从业环境中，我心里觉得自己再不是单打独斗的创业者了，作为这个温暖团队里的一员，我们丢掉的是无尽的焦虑，得到的是对明天幸福生活到来的信心。

阳光下，崭新的"北石路特色商业街"又融入了普陀区共建"同心家园"的范畴，喜庆连连。区委干部多次巡视所在社区和沿街店铺，汇集需求，落实温暖。我想，区政府这一系列助推举措的逐渐展开，是一定会让周边民众的幸福指数上扬，会让我们诸家店铺的经营人气旺盛的，眼前是一条望不到头的平坦大道。"三元粥小吃"——我的许诺：我们用心经营，我们用情服务！

区委干部落实爱心，又送来了温暖

感谢我的家乡，感谢政府的不懈的努力。

我们骄傲——自尊自重，自力自强，倾己所能！

我们自豪——无愧于自己、家人、后辈、社会！

说起来，金石大我三岁，都是该享受老年生活的时候了！想着：我累了有金石；金石累了，有我在；若都累了，有儿子儿媳有女儿一家，我还图奔什么呢？！

"跟着感觉走，紧抓住梦的手"……奋斗和幸福是相依相伴的，会一直眷顾不懈努力着的人们！

第二辑　不看霜寒看枫红

　　几十年酸甜苦辣的漫长生活经历，常常不经意中会发生、会发现许多小小的故事、趣事。文人称之为"浪花"，我想冠之以"最，最，最"！呵呵，攫取一段段可以记录的我的之最，是否也是一桩很有意思的爱好！

　　慢慢地走着，慢慢地记载着，于眼下生活也是有意义的哦！

最让我记忆深刻的两次接站

[写作于 1997 年 5 月]

题目有点"蛊惑"吧？可不得不这么说！

其　一

　　那是 1983 年的事了，我已经在齐齐哈尔安身立命数年。那年冬天，我亲爱的妹妹要出嫁了，妈妈让我们这姐姐姐夫最好提前回上海，帮着张罗要准备的事宜。我跟单位请了假，带着 5 岁的宝贝儿子先行回沪。又跟当家的商定：因为他大小是个领导，不能离开太久，让他临近妹妹婚期再赶过去。我一到上海，就忙里忙外地帮着爸妈料理那些体现风俗习惯的婚事。眼看着妹妹的婚礼临近，我那当家的却杳无音讯。那时通讯不发达，我心里着急，忙里偷闲跑一趟电话局，打长途找到了他。那头说：本来准备动身了，公司年终汇报要再弄详细点，只好耽搁一下，晚二天动身……！我一算日期，也行！

当年的我们一家三口

　　天啊！一直待到在平安电影院毗邻的珠江大酒店里，举办的婚宴快接近尾声，李同学的人影都没看见！妈妈也一直盼着他来，因为"小儿子年轻太单纯，那大女婿可壮门面呐"！我生气了，也不问他什么原因，心里撮着火！妹妹婚事办完，该回家了，我一个电报打过去："我于xx日登车回齐！"。妈妈看出端倪，说"你怎么没把车次写上去，他怎么接呀"？我一笑："这个老婆和孩子那么好接哪？"

　　因为带着孩子，因为爸妈妹妹给了我好几个旅行袋的吃用物品，到站后应该有人接应，我不得不告诉他归期。话说一路北上，我选择到沈阳换车，因为那里有我亲爱的叔叔，他可以帮着车上车下地搬弄，叔叔他老人家还怪我匆匆忙忙不去他家小住呢。呵呵，我接着走！列车到达齐齐哈尔是凌晨5点，天色黑蒙蒙。我稳稳当当地等着，车厢里的旅客都下了，我才把大包小裹挪到车门口，先牵着儿子下车，列车员帮着把行李都放到了站台上。站台上，驳车来来往往；接站送客的，人影憧憧。我从容，我淡定，儿子问着："妈妈，咱怎么还不走啊？"没等我解释什么呢，远远地看见一个熟悉的个头、熟悉的身影正朝我娘俩直赴过来……哼哼，谅他也不能不来接！

　　先到了一百大楼旁边的婆婆家。老人家唠叨着：忙啥过来呀，路上带个孩子多累啊，怎么不多睡一会儿？"昨晚金石说去接你，我想着兴许你们到下午才能过来呢！"她怎么可能知道，她那宝贝大儿子在车站整整接了一夜的站！因为，因为那时上海到齐齐哈尔没有直达车，途中可在天津，也可在沈阳或在哈尔滨换乘，然再抵达齐齐哈尔。那傻金石就一夜在车站里等，先后等了从几个换车地过来的几趟列车。因为半夜里，他没法一趟趟回妈妈家，更没法回更远路途的我们自己的家，那只有在车站愣等。他不会向我诉苦，说漫漫长夜多么寒冷，等待是多么冗长多么无望，他还惴惴不安地等着我审他呢。

原来，那天他正要买车票来沪，久未归家的父亲难得从山里回来过春节了，他要陪陪父亲，远走的话，他不放心，并把身上所有的钱都给了父母。这一大家子乐乐呵呵的春节全靠他了呢！他，他只好把我这头咽了！我看着他一夜等待后的疲惫神色，想着他若是真的甩手来上海热乎我们一家人，那么他心里一定不好受。我了解这情况了，心里的不好受也只能咽了。

其　　二

1985 年，我又一次从上海回齐齐哈尔。因为爸爸妈妈特别想念我儿子，让我送他去上海住一段时间，我一个人趁机又逛了一大圈！

呵呵，说心里话，我那当家的真好，啥时候我想回上海，二话不说抬腿就去买车票。还再三嘱咐：多带些钱，到上海家里别露怯！那时候几千元不是个小钱，我逗他：你也不问问我怎么花钱？他笑笑：你又不傻，还能扔钱玩啊，不就是用了嘛！

这趟回齐齐哈尔，正逢学生寒假，车票很紧张，我只买到了上海到三棵树的票。想着三棵树到齐齐哈尔的列车得等待很长时间呢，心里有点没着落！咋整？

2009 年初夏，漫步在上海宝山公园

走着说吧！那上上下下卧铺上不少上海知青，有在大庆上班的，有在三棵树工作的，她们一点儿也不愁半夜下车，我也强弩不愁。一路相处熟了，她们让我跟着她们回住地，第二天再走，半夜三更的，那三棵树可是个荒凉地！我盘算着怎么都不妥。忐忑中，列车开进了三棵树车站，我下意识地探出窗外瞅瞅。噢，天哪，我真看见了一个熟悉的身影在站台上一路寻着过来，他挨个车窗都跳起身，往里看一眼，直逼到我眼前了！我，骄傲地对旅伴们宣布：谢谢你们了，我爱人从齐齐哈尔赶过来接我了！全体一脸的羡慕嫉妒哦，我至今难忘！

我眼睛有点模糊，朝那身影一声招呼，他立马就冲到我面前了。等不得我挤着走车门去，他让我把行李一股脑儿从窗口接下去，最后，把我也整个从窗口托着抱着下了车！

我是谁呀？呵！有他的护驾，我们俩从容地寄存了行李，从容地找了一家不错的旅馆歇下……第二天，我们俩从容地乘上北去列车，顺利到了家。

哦，心甜甜的暖暖的！这个样的男人，算计着我换车的时候那诸多的不方便和不安全，告了假连夜坐5个小时火车到三棵树站台上等着，等着迎接他的女人！我，死心塌地跟他过吧，任谁也换不去他的位置！

最霸气的建筑工地材料员

［写作于 1986 年 10 月］

那时候，我已经从兵团迁出，转往齐齐哈尔郊区插队数月，适逢招工，便进了第二建筑公司，从最底层的小力工，一步步上调为工地材料员。

乍到建筑公司，想着自己在兵团干活时就是劳模，好不容易进城，有啥工作能比种田和挖土方还辛苦啊？不愿意求助可以帮忙的朋友，就自己去劳资科报到了。科长乜斜着眼睛，瞧着我这没门儿没窗户的上海人，吐出两个字：力工！我等到分进班组做起来，才知道什么是力工：筛砂子，筛河流石，搬水泥，推灰浆车，那搅拌机不停地转，你在后台把砂子、水泥、河流石，按比例装进料斗，只几分钟时间，再去前台把混凝土装车往卷扬机的吊盘上推，推不动就少装几锹，但要多推几车……想慢点儿？想歇会儿？那浇灌椟柱不能停顿，振捣棒又震耳欲聋地催你！看着工地上很多技术工种的人们，轻松闲在、唠嗑打牌；看着办公室里的人们，山清水秀地报纸茶水！有点后悔？科长又斜眼，说："工种不能改，终身制！"

当家的说什么也不让我去了："就在家闲着，养着！"

我是谁啊？上班去。累，挺着！苦，扛着！泪，咽着！一天又一天，慢慢的，人们看出这小上海不服输的劲头，慢慢地分配给我一些省力的活——就这么捱着、熬着！哎，适逢国家进行第一次人口普查，市里让各单位出人员协助。办公室的小姐们嫌早出晚归、挨家挨户的上门调研，那多辛苦，没人去！有人出主意，到工人队伍里物色吧。工会的人一翻职工登记表，看到有一份自填表格上，钢笔字引人注目，写得特别好，细看名字原来是小上海的！一声通知，找到了我。也巧，翻表格时，技术科的科长也在场看热闹，说我们科也缺人，好的人找不到，正对付着呢，怎么办？进门一刹那，两家让我选其一！这诱惑来得太突然了！我脑筋一阵急转弯：普查是临时的，结束后还得扛水泥去！技术科不然，科长告诉我当试验员，去就留下了。我奔技术科！工会们回头接着翻表格去了。我的任务是掌握各个工地的工程进度，什么时候灌注关键部位的混凝土，我去取样，有专业钢模做成试块，养生至7天、14天、28天，按日期送市建材设计所测抗压强度；还有钢筋的检测，砌砖砂浆的强度检测，等等。

我是谁啊！没出一个月，科长看见我就热情了：我的文案整得仔细周到，每个工地的技术档案清清楚楚，节点试块的日期准确，报告齐全！她称心如意，她汇总起来也就很顺利、快捷。我当家的绝对支持，他教我学会骑自行车，我跑工地方便多了！他给我换成二八的大车，后货架焊上大小能装进试块的挎筐，我送试样的日子就不用等别人顺风车而耽误事儿，直接去了。

这不，又出事了！材料科的同志们眼瞅着我出出进进、干事利索爽快的样子，向技术科长要求："把她调材料科吧。"美其名曰"只管试块儿，太大材小用了！"一而再，再而三，技术科没磨过材料科，找人接替了我，先让我手把手教她工作流程，科长满意了，我搬迁去了材料科。

呵呵，琐事三千就不说了。那时公司承接了齐齐哈尔电视台大楼的土建工程，我被任命去那里当材料员，按部就班开始工作。因为是高层建筑，地基要求正负零以下3.8米。平地打桩后再下挖土方，露出桩头；超平后再破头露出钢筋；再用钢筋串连300多个桩点，编织成巨大的平面网；混凝土再一次性浇灌成型。本来挺顺顺利利的，可是听说设计深度不够，还得再下挖40公分，重新破桩，截断40公分钢筋，再串连，再编织……！这样，工期成为问题了！因为电视台在市中心一侧，早就要市政扩道。之前有约，做完地下工程后，暂舍的占地马上让出来，进行统一的道路施工。罢了！为了抢工期，市里还调监狱服刑犯人来干这个千难万险的活儿。因为密密的、黑压压都在一个深深的四方巨大坑里面，好看好管！一天24小时的歇人不歇活，连续五天，完毕撤出！接着钢筋工下坑去，木工下坑去，最后混凝土工下坑去，几台搅拌机一起开动，整个地基灌注不能停工、不能留缝——开干！

正当工地一片火热，抢工期，抢工期！只听马路上轰鸣声一阵响似一阵，一阵近似一阵！有人来报：市政公司的巨型推土机到工地墙外了！我一个电话打到基地办公室："怎么回事儿？没下通知就放车过来啦？！我这几个库房里的物资还没挪动完呢！"办公室的一个白痴说："不知道具体情况啊，前两天是有市政电话催过的……"电话被我摔了："有电话催，你不告诉工地，拿着它过日子当解闷用哪！"

几台推土机"突—突—突—突"地前行。我上前找他们领头的。对方说，没有领头的，司机们是领着任务来的，今天务必推平这一段！我去找工长。噢，那工长在坑里穿着大雨靴子，跟混凝土拼命呢，"你自己看着处理吧！"我急得团团转……那推土机可等不及，"突突"地前进了，最边上的一面墙轰然倒塌，再前进两米就是我的仓库了！

我是谁啊！情急之下我自有道理！我一个箭步冲到最前面的推土机前，一个大跨步就翻进了铲土斗里，朝司机大喝一声："你有任务，我不怪你。我有责任，

齐齐哈尔广播电视台巍然屹立

你也别怪我！今天我就这样了，你就推吧！"噢—噢，谁敢像我这样霸气！我这样，谁敢再动？再推？！司机停下了，司机感动了："你这个同志，我们真没有碰到过，又不是你自己家！昨天我们去推那边的龙江饭店，那有多少好东西啊！就这么铲平、压碎了，没人管啊！你等着哦……"他让另几台车都别动，跑到工长办公室，抓起电话打了一通，又打了一通！我在斗里呢，听不到他说了什么。一会儿，他跑回我面前："领导感动了，有你这样舍命保护公物的人，什么事儿不能商量？！决定再宽限三天，你来得及搬库啦！"噢—噢，我赢了！赢得了尊严，赢得了时间，赢得了物资。工地内外人声鼎沸，全体叫好！

推土机开走了，轰鸣声一阵小似一阵，一阵远似一阵。

我高兴不起来！因为管理的漏洞，因为统筹的缺陷，因为人们的冷漠，因为……我希望，希望不要有这样的情况再出现！

最惊心动魄的一次出手相助

[写作于 1986 年 11 月]

直至今日，那一次帮忙，依然让我感到当时的自己真不可思议！

记得是 1981 年的事情，还是那个齐齐哈尔电视台大楼的在建工地。因为地基施工耽误了时间，正负零以下的施工更加夜以继日地进行着，所以我几乎每天早上6 点就到工地，晚上回家时间不确定，什么时候工人们不领用材料了，我才放心锁门走人。噢，

我在齐建二公司力工班的好友

手下的库工让我放心！之前有工长推荐给我一个库工，我一看，满身喷香、描眉蔻鬓的，不像干这活的料。我坚持自己去工人里物色，很快，一个其貌不扬、头脑清晰、干活扎实的小孙来了。那是没得说的好孩子，我不在工地时一百个放心，她特别珍惜我给她的机会，认真执行我的每一个指派。我俩轮流盯晚上的加班，虽然忙，心情好！后来，她被提升当材料员了；后来还因为抵工资换给她一套楼房呢，自己只付了 1.8 万元——甲方半卖半送的！她感恩，心里老念着我对她的好。呵呵！

话说照例的一天晚间加班。一个相处得很好的材料员到工地找我，拉我到背人处说话。尽管天黑，我还是看见她红红、肿肿的眼睛。我知道她因为家里有事

已经请假多天，连忙问她"何事这么紧急着找我"？她未开口，泪如雨下，我一听，知道她真是出大事了……

她比我大几岁，有三个弟弟二个妹妹。其中，二弟是齐齐哈尔话剧团的演员，一直让家人引以为豪。改革开放，演员四处走穴赚钱，忙得欢。二弟聪明灵巧，到哪都是一堆拥趸。灯红酒绿间，结识了一位摩登女郎，虽然大他两岁，但时髦、美艳、前呼后拥，出手阔绰。两个人一见钟情，后来都抛开家庭苟且起来，一来二去的愈发肆无忌惮。到后来，女郎告诉他，她就是江湖上人们所称的"黑牡丹"，她就是齐齐哈尔现任市长的夫人！市长生性刻板，她不甘空有盛名，所以公然要在盛名之下尽情享受她的人生。她二弟到底是门第不及、城府有限，骨子里承受不了这份活脱脱的中国版《红与黑》，心理承受不了这位控制欲极强的"黑牡丹"的呼来喝去，想着摆脱她，想着回归家庭！可是，女郎怎能容他小小草民弃她而去！所以变本加厉的控制他、占有他，让他感到窒息，让他感到无颜家人。他终于钻进了牛角尖……一次床笫之欢过后，哄她喝下掺有安眠药的水，又急忙跑去剧团排练场露了下脸，再赶回温柔乡，用刀挥向昏睡中的"黑牡丹"，怕她气不绝，又拧开了液化气，锁门，回剧团！

两周后，市局警察从话剧团铐走了她二弟。因为指纹是无法抹掉的，证据是无法抵赖的。全市、全省都轰动了，那是不杀不足以平民愤、不杀不足以平官怒，她全家二十几口人一瞬间成了血仇家属，任何行动都在公安局的全面监控下。她二弟是特事特办，没有上诉期，择日押赴刑场执行死刑！

我听着听着，有点糊涂，这件事跟我是"风—马—牛"，毫不相干，找我何故！她说，执行那天，她家兄弟姐妹都会被警察看守着，不能到现场去。但是，他们想给二弟收尸，料理后事。话剧团有几个好同事朋友能去现场，可都是男的。那弟媳妇被气跑了，永不回头！家人想着求一个能照应诸事仔细、周到一些的女同志去。想到了我的热心肠，想到了我的贼大胆，平时又相处不错，所以警察陪着来工地找我商量。阿门——，我去！

当家的知道，也拦不住我，给我准备了棉大衣、棉帽子、棉手套、大口罩，告诉我躲远点，"人去现场，心意到了就行"！

当天大清早，军绿色的解放牌大卡车来接我们。男人们上了后面敞篷车厢，照顾我坐到副驾驶位置上。那可是数九寒天啊，齐齐哈尔的死刑执行地在一个叫边屯的地方，离市区有20公里。一路上顶着刺骨的寒风，不少人骑自行车在往那儿赶，当中有亲戚朋友前去送行的，有不怕事儿大去看热闹的。远远地，看见一抹黑黢黢的山丘，大大小小的警车一字排开，很威严！我们的车在离山丘最近的地方停下，静悄悄地等着。司机们都知道，那山包脚下就是刑场。刚刚落定，大道上传来警车的鸣笛声，越来越响，越来越近。不用说，人犯到了。我心一阵抽搐：她二弟我见过，不算英俊，但颇有艺术才华，人也特别机灵，见啥人说啥话。可是孩子啊，你怎么折腾到这一步啦？

哦，该准备了。因为现场有医院的人在等着呢，枪响之后，这边的亲友会先于医务人员把死者们搬动开。不然，医务人员可不分谁是谁，装车就走，拿到医院里都有用处。这时，有人递给我一个军用挎包，说"一会儿用"。我拨开看，都是绷带、药棉花、胶布、小剪子之类，一下子明白了自己的角色。等着吧！男人们都跑过去了，我乖乖地爬上了车厢，靠到最前面的角落，有点紧张的等着充当角色的那一刻……

枪响了！枪声撕开了冰冻的空气，惊飞了蜷缩的小鸟，催动了在场的各色人等。一阵迅雷不及掩耳的忙乱过后，二弟弟已仰躺在车厢地板上。他人软软的，绑已松开，一身崭新的深色服装，一双鞋也新的，只是脸上斑斓一片，子弹是从后脑进入的，在两眼之间穿出，一个幽黑的小洞流淌出液体……哦，这生命消逝了，它无痛无哀无罪了。我快捷地递出各样东西，男人们急速地擦拭着、堵塞着、包裹着，前面、后面，一圈又一圈地缠绕着包扎着。料理终于停当，男人们陪着他，我返回驾驶室。汽车开动了，奔向八里岗子火葬场。那里，他的全体亲爱的家人在枪响之后就解禁了，正撕心裂肺地等着他。我默默地站在人群外面，我不知道怎么去劝慰他年迈的父母和众多的兄弟姐妹。

噢，过去好多好多年了，那种惊心动魄的场景是我第一次经历，也是唯一的一次经历。人啊，宿命一些没什么不好！一定要生活在自己该有的层面上、通道里、范围中。偏离了，一定会有苦果在不远处等着你！代价，一定不是你能预料到的。

最火热的火锅在南国

［写作于 1999 年 5 月］

对火锅，人们是最熟悉不过了，最普遍不过了，最受欢迎不过了。按种类，有单人小火锅，多人大火锅，传统的紫铜火锅，豪华的景泰蓝火锅；按口味，有京式火锅、东北火锅、四川火锅、鸳鸯火锅；按加热功能，有炭木火锅、电器火锅、燃气火锅，不胜枚举。起先，冬天人们热衷于此——一大家子，几多朋友，围着桌子围着火锅，图它个热气腾腾，吃它个热热乎乎。渐渐地，大热天也弄个火锅涮起来，奔那一身透汗，排毒养颜，通体轻松！随后那就真的"百无禁忌"了——四季常备，想吃就吃，家里能吃，

店里能吃，涮品无忌，口味无边，大快朵颐，酣畅淋漓，趋之若鹜，如火如荼。

呵呵，我想说的是 1996 年我的那一段故事。

那时，我的孩子已经被上海航空公司录取了，正在那里进行专业的培训。我忽然觉得，原来的生活秩序被这天降喜事打乱了，眼前的生活似乎完全变了一个模式，让我手足无措了，一时间方寸混乱、无从打算了。

可巧了，一位与我们深交已久的福建朋友热情呼唤，说"你们的孩子铁定在上航发展了"，让咱两口子放弃东北

的"一亩三分地"，去南方开拓经济，发家致富。……一番筹备商量，我那李金石拿定了主意：与他合伙，把东北的火锅推到四季如夏的福建南安去；由福建朋友出全资，在当地租下三层楼盘，当地招纳服务生；我们是技术干股，带领东北师傅南下，由我们管理后厨、供应的全部技术。

说干就干。款项打过来——家当器材买起来：高级双刀切肉机，手工紫铜炭火锅……；直奔赴肉联厂，优质草原羊肉卷买过去，一票就是十吨；东北的机制木炭，满满一大挂货车运出来；现学现会的蘸料配方，囊括各味，源源不断送过去，连同全部的创业梦想，一路畅通，奔向南国。呵呵，"这师傅嘛，差点意思"，那时候的东北人还真不敢往大南方去呢！好办——那位求我去法场帮忙的于姐，当时刚刚离婚没着落呢，人又非常勤快，带上！还有一位命运不济的落魄小姐妹，眼巴巴地看着我，带上！三天两夜的旅途上，我连说带比划地培训她俩——刀功、配方、南方家常菜做法，等等，还有分工负责……终于，口头培训结束，列车也到地方了。如我所想，崭新的"东北火锅城"大店牌下，福建朋友领着服务生众口一声："欢迎东北师傅！"哦哈，远来和尚真的好念经！我是朋友们全认识的金石嫂子，不能装的。阿门！

因为到达后的第二天要开业大吉。他们那里讲究生辰八字，讲究黄道吉日，所以一干人等，连夜进行后厨备料。我是理所当然的总指挥，负责全面调控摆布。当家的忙着一众朋友的寒暄，忙着安装调试相关的机械。……羊肉切起来，蘸料调起来，辅料备起来，里里外外、忙忙碌碌，上上下下灯火通明，一切就绪，天已大亮啦！

清一色的传统紫铜火锅，新面孔的高级机制木炭，最美味的祖传秘制蘸料，最鲜嫩的内蒙草原羊肉，最新鲜的福建产辅料。高档次，大器、上品，不矜持！

震耳欲聋的鞭炮响过，人们闻风而来，蜂拥而入。熟朋友，路过客；有新鲜感的，有好奇心的，……三楼包房满了，二楼大厅满了。一楼海鲜墙边，一溜等候长椅上也坐满了。等待美食的客人，数着从楼上下来的已经大快朵颐后饱嗝连连的客人。南安这地方，一个由海边渔村搞活经济发展起来的城镇，近年来，经济富庶，楼房林立；民风淳朴，夜不闭户！最好的朋友过来捧场尝鲜，也一定是争着、抢着买单付账，面子大过票子。

火锅

壮观——从第一天开门营业，这两扇城门就算关不上了！

我的作息时间没谱了——流水账：早上六点，把员工早粥先熬上，下楼接待回收名酒瓶的、收废纸板的、收洗台布的；迎来送烟、送酒、送低值易耗品的，送蔬菜、送豆制品的，送当地的各种涮品的，送洗洁剂送煤球的。先按清单验货点货，加减乘除地付清款。没等服务员把所有进货搬运利索，第一拨客人到了，说"怕来晚了没有座"，把喝早茶改成涮火锅了！

没招儿，不能往外撵客，系统启动！抬头一看，上午十点未到。我返身进吧台，"四连单"按份按号铺开，来一拨客人就点菜记账，连续来人连续忙活，安排一个女孩子帮我忙活。孩子嫩点，没见过这种场面，应付不了这种节奏，常常越帮越忙。我天生就是一个管事儿的，对她一顿捋巴教授，几天下来就使着顺手点了！收款的一定是我，那位福建朋友信不过别人。后灶那两位东北大师傅还时不时地叫我："尤鱼改花刀，不会！""大花蟹张牙舞爪的，不知道怎么下刀！"；"粉丝怎么泡得恰到好处？"；"员工餐的梅菜扣肉怎么烧？"啊！

关键是客人不断。福建人喜欢夜生活，经常晚上十点钟还往里进呢。谢天谢地，吃到十二点走了！我赶紧点钱算账，填写当日的进销存表、收付现金报账单。其实没人要求我这么做，但我们是干股，又让我管钱，那钱上的事情就更不能马虎——清清爽爽，光明磊落！刚刚搁笔，就听门卫上来请示：门外又有人要进来，强烈要求涮羊肉，明天就离开南安了！我是真犹豫，李金石一行出去拜访朋友长辈去了，没地方问。一想还有两个贴身厨娘呢。一咬牙："请进来"，一个小时解决，欢天喜地涮起来！我的妈耶，客走落锁已经凌晨两点半，赶紧休息！路过大师傅窗口一瞧，两位收拾停当、刚上楼回屋，就趁着夜深人静现煮着大虾，吃宵夜呢——难怪呀，见都没见过，也没来得及，也真没时间带她们尝海鲜呢！

不好了！动静越来越大了，南安的父母官也来了。他听传闻已好一阵子了，一定要过来看看，亲口尝尝！并且再三谢谢我们的举措——因为我们，几十名不识字、没工作的本地人有了工作机会，有了工资收入；因为我们，南安的餐饮业打破了传统业态，都有了引进各地口味的设想；因为我们，周边的菜农得益，半成品加工商得益，经济流通的渠道更欢畅了。

外行看热闹——我心里有数，账上有数，利润可观哎！好不容易，开业一个月啰。是日，来了好几位常客围着我，我心里纳闷：不点菜不点锅的，干什么呢？！福建朋友来了，迟疑地说："嫂子，看看一个月下来赢利多少钱？这里一共是五个人投资的，每个月把纯利润平均分六份吧……"

哦，我说这李金石到了南安没几天，怎么心情一直不好，脸色一直不晴呢！原来他们朋友之间听说李金石要带着技术过来开火锅，都争着要投资，情面难却，都应下了！可是，谁敢提前告诉我们哪？那样可能压根儿就不会再有"东北火锅城"了！一众人也是胆战心惊等着这一刻。本来两家的事儿，弄成了六人切蛋糕，差别太大太大了！这离金石的致富设想真是天差地别呀。无奈之下，他跟朋友说："这情况，我没办法向你嫂子交代，你们都看到了，离了她，谁能托起这个盘儿？你们自己想办法说去！"

我真是舍不得放下哦。可是五位谁也不退出，可谁又能退啊？开业一个月里，付清了一次性投入的装修款；付清了服装、工资、房租，每位净得利 1.5 万元，那是 1996 年底的款值哎！那第二个月，无数个月呢？第二天适逢我生日，李金石备了两桌酒菜，订了一个超大蛋糕，招待全体，共祝我生日愉快！！第三天大清早，他雇了车，带着我和两位师傅，到了火车站，给晚起的福建朋友一个告别电话，头也不回地离开了南安。我支持他，我跟着他！回上海，回上海去，儿子还等着我们去呵护呢，哪能给这一大帮人托这个大盘呢。

后来，后来两位姐妹在上海我家住了半个月，依依不舍地回齐齐哈尔了……我给买的卧铺票。她们手里的工资数，是这辈子没有过的大数，是舍不得拆开啰！

后来，福建朋友特地来上海道歉。因为他的唯唯诺诺、顾及老乡，打碎了大哥的整个思路！我们甩手走了以后，火锅城勉强维持两个月后就关门了，因为他和他们都不会管理、不懂算账，没法弄！我们也不可能回东北了，他们进不了纯东北的那些原材料，临时进了附近一些产地的东西，没法与原来的相比，高质量的机制木炭更是遥不可得，只能画句号了。

后来，我们夫妻双双打拼在上海这片人口密度最大、市场经济最发达、水土人情最熟悉的故乡，终于创出了属于我们的家园。呵呵，好日子真的到了！

最惊险后怕的一次接待

[写于 2003 年深秋]

　　时间：2001 年，地点：七宝镇泰景苑家里。

　　傍晚时分，经过一天风和日丽的照拂，我家门前的大平台上一片暖意盎然，刚刚入住同一个小区的马科导演、童正维老师应邀到我家小坐。

　　前不久，老两口第一次来看房，在小区内观察整体大环境，我与他们正巧迎面相行，一眼就认出，"这不是曾经风靡荧屏的《编辑部的故事》里，那位牛大姐——童正维老师吗"？我急步上前，确认后热情招呼，攀谈开来。他们最终买下了一套底层带小花园的住宅，我为他们介绍了装潢队伍。入住前的最后一次检验，我也跟着凑热闹。就在那个时候，童老师发现客厅水晶吊灯上，垂挂的一圈小坠缺少了一个，遍寻不见。我机灵劲一来，到屋外看看，把刚刚扫出去的一纸箱零散搬了回来，找块塑料布铺在地上，纸箱往下倒，蹲那儿细细拨弄着，还真就看见亮晶晶的那个小坠儿。老两口疑疑惑惑的，看我忙碌，结果开心得都笑了！

　　这不，老两口如约登上了我家大平台，穿过由我装饰、布置的门前休闲小风景，在客厅的沙发上，几人围坐着唠开了。马

七宝镇泰景苑

这是当时与两位长辈高兴攀谈的大厅。还好，
他们前脚刚走，头顶上的大吊灯就坠下来了！

老将他著述的回忆录，扉页签上名字后赠送给我。他是上海京剧院的资深导演，
梅花金奖得主。童老师把一副德国精致的牵狗绳送给我，侃侃地说着很多当年拍
摄编辑部的幕后轶事……清茶一杯接一杯，说着笑着，有我们这样的晚辈讨教着，
和蔼可亲的两位前辈谈兴正浓。不知不觉，天黑了，我和爱人前呼后拥，照应着
将二位老人家送到阶梯下。再往前十几步，就到他们家的大门了。我们俩放心地
返身回家，欣然感觉着两位老者的温婉可亲，庆幸能在家里当面讨教，心里甜甜
的、美美的。

　　跨上阶梯，就看见自己家里那亮堂堂的吊灯，光线倾泻在平台上，晾衣架、
葡萄架，隐约，相互影衬着，煞是好看！看着看着，我说："当家的，我怎么觉
得咱家大吊灯有点歪呢？"李同学直摇头："不会，你看错了！"我再看，真是
歪了。噢，别光顾看了，赶紧几步跑进屋！当家的蹭踏上刚才两位老师坐过的沙
发靠，双手托着那12头的大吊灯，没等他定睛察看呢，那人家伙顺势瞬间脱落，
重量完全在他双手上了！紧接着，又想到餐桌上的6头吊灯，连忙看过去，哦哟！
也歪了。又是一托在手。一顿忙乱收拾后，哎哟哟，我们俩都惊吓出一身冷汗！
如果刚才我们与二老再多说一会儿故事，再多坐一会儿，多喝一杯茶，老两口可
正坐在吊灯的下方！幸好，幸好，太惊险了，太害怕了！那要有点后果，怎么对
得起两位老师；怎么对得起全国上下，认识和喜爱他们的朋友和观众？我们怎么
承担得起这么沉重的结果？

　　后续一：因为我家房屋的顶棚是现浇水泥板，不像空心楼板那样能在空管里
塞钢筋后安装吊灯。装修时是常规操作，用膨胀螺栓来安装固定的，估计深度不

够，吊灯大而重，时间一久，隐患随时会爆发！

后续二：童老师他们当然不会知道这吊灯下坠的故事。在泰景苑住了约二年，他们的子女马朵、马瑞嫌七宝太远，照顾不方便，就在徐家汇的文定路上购置了一套住房，让两位老人家搬到那里住了。临行前，他们给我留了手机号码和新房地址。我心里挺不舍的，毕竟有过这些那些交往。可他们是名人，是明星，咱平凡人家小人物，不能赶着再去相扰，安分守己过咱们小百姓的小日子吧！

不久，又看到童老师神采奕奕地出演了电视剧，觉得剧里这位妈妈的妈妈真的还是离我不远哎。

祝福他们！

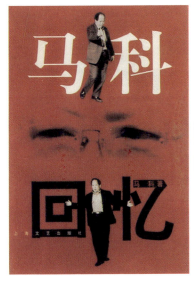

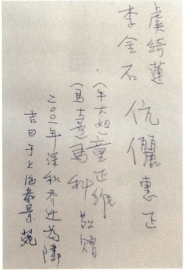

马科导演将当年他的新作赠予我

最感慨姨妈家厄运接二连三

[写作于 2015 年 6 月]

　　谈论生老病死，谈论生命无常，说及"永垂不朽"、"与世长存"，人们不免直观地联想到一个终结点——去世。

　　2015 年的春寒料峭之日，我那九旬出头的大姨妈多种疾病突然并发，全力抢救无效，数天内悄悄地走到了她的生命尽头。

　　姨妈生有三儿一女。其中，二儿子自小肾恙，后罹尿毒症，刚刚初中毕业，便病发入院，仅仅一个多月的挣扎，夜半时分便痛苦地早早离开了！我那时正从兵团回沪休假，天天跟着跑南京路黄陂路口的那住院大楼，目睹二表哥痛不欲生的最后时光，心里异常的恐惧不安。怎么办！多少天了，亲人们避谈那个大楼，不说那个路口。可是，活着的家人们依然得往前，走这条生命的长路啊！！两年后，我那和蔼可亲、兢兢业业的大姨夫，不知何故，肚皮胀肿如鼓，医生束手无策，消极治疗，也是数月煎熬后撒手西游了。以后的几十年里，我的大姨妈妈在丧子又丧夫的极端伤心痛苦中，坚强地努力地维持着这个家，呵护这三个骨肉平安长成！

　　大表哥学习优秀，工作努力，人缘极好，常被单位提拔。我的一点文学素养，最早就是来自大表哥那里的长篇小说、理论文章。当时正值疯狂的"文革"年代，埋头看禁书成为我最奢侈的享受。表嫂也是才女，她又倾心教育女儿，一路培养女儿成为哈佛的博士后，女儿现在任教于国外名校！三表弟善良谦和，少有计较，不甘平庸，闯出国门，游走多国，衣锦还乡！尽管当时的出国费用是卖掉了婚房内的所有，只剩一台高档相机在手，但是回国后，依然是勤勤恳恳理财有道，置业安家，调低不张扬。护哥哥、顾姐姐，不计钱财，真是情同手足。更可贵的是孝心，口碑满满——他妈妈独居一套楼房，24 小时贴身保姆，十几年如一日，一应费用全包，每天问候、每周到场，从不间断。我表姐弱势一点，知青返城后，老老实实的小日子也有声有色！姐弟兄妹一团和气，有滋有味。

亲爱的大姨妈走了，一干后事料理得很平静、很妥贴，悲痛中平添了丝丝安慰——她去天国陪伴我姨夫和二表哥了……

墓地在苏州灵岩山余脉的山坡上。因为早有家人在那里安睡，不必现置；因为早，墓地规划意识浅薄，坡地上碑林横不成排、竖不成行。提前联系了管理、施工人员，一行人们下车、上坡、登山，来到一处有 1.5 米见方的地界，石碑上面刻着的三个名字——两黑一红。……揪心的时刻、残酷的景象，太让我难以描述。直到今天，落笔之时仍然心悸泪奔，不敢再细致回想。那个山坡上，泥土少碎石多，施工人员连挖带刨，兄妹亲属左护右挡！终于，露出来，露出来了——一穴方条型基坑内，紧靠西侧是我大姨的石棺盒，静卧有年了；紧贴东边是我二表哥的石棺盒，静谧如山石。两盒之间的宽度，便是早早给我那大字不认、善良温和、与世无争的大姨妈妈预留的空间。看着这场景，兄妹哭，我哭，一行人谁不哭？！再多的鲜花贡品、心情泪眼，也挽留不住她老人家！是时候了，到时候了，孩子们轻轻地、慢慢地将她老人家放下，严丝合缝地放下了，香灰，硬币，冥币，覆盖再覆盖……一步三回头，三步一回身，看一眼，再看一眼。

一个月后的清明节，表兄妹一行人再去墓地。看到那里的设施全都落实，一切如设想，欣慰不已，才打道回府。可谁也没想到，回来的当夜，大表哥自己强撑着下楼，上街叫了 120，直接进了医院，病已久，心憔悴，医道再神也无力，两天后撒手于瑞金医院。于是一大家子重又聚首，后事的置办由飞回来的女儿一手操持，大嫂听任安排，因为她自己也在轮椅上过着呢。阿门！

当初，三表弟服侍母亲，是看着姨妈的脸色说话，软言软语哄她多少年了。姨妈入院急救，不巧，他远在法国，为妻子过五十岁生日。得悉母亲病危，飞回来没赶上再看看妈妈一眼！孝顺、顾家的三表弟在这两番伤心事料理之时，眼膜也偏偏出血，正待急诊手术，却又逢内置到期，必须按日拆除。

哦——哦！这不正应了古人所言"屋漏又逢连天雨"，为什么？为什么一个好端端的和睦幸福的家庭，一个知书达理、举家勤恳善良的家族，一刹那像是遭遇地震，犹如灭顶般的灾难？这是怎么了？

围绕大姨妈家始料未及的接二连三遭遇厄运，亲友邻里间议论纷纷。有人说，大姨妈离世之前，三表弟给他妈妈换了一个泡脚盆，放上水后没等放进脚，盆便莫名其妙散裂，哗哗满地水。盆虽价格不菲，但商店讲理给换了，可是到家放上水，没等放脚，盆又漏了……那种光景，大姨妈经多见广，撂了一句话："别去换了，这是这家人家要倒霉了！"果不然，一周后大姨妈病发，没法治了！结果连大表哥也一并算进去了！旁边有人插话，认为是姨父想姨妈，急不可耐了，因为在底下他总看见那留着的空档。这可有点插科打浑了：如果当初不预留，能安顿姨妈、完成合葬吗？也有人说，清明节那天，大表哥如果不去新坟前看望他母亲，也许就躲过这个坎了。那么，我想：谁又能阻止孝心呢？

但是，大姨妈这一家人在短短的一个多月，厄运接踵而至，太惊心动魄，我心里真承受不了！曾经听老一辈人讲："缘是天定，份在人为；命是天定，运在人为；得听任命运"，老师告诉我，那是宿命论。我原本将信将疑，经历了这番不过月余的震撼，脑海里游走起来：难道真的一切天注定，谁也挣不脱？我茫然，无解……

半年多过去了，痛定思痛。大姨妈家的亲人，如果事发不是集中在30几天内，也许就不会那么惊心动魄，因为每个人的病由不一样，年龄不一样，经历也不尽相同，这不像地震、火山爆发，外在的自然力一下子铺天盖地而来，巨大得不可抗拒！如果事发的时间、地点都有距离，大家是可以平静地运用医学知识解释的。静静思想：那有没有看不见的力量极大地消除了距离，真的是受天制约、任命摆布？我不相信！听天由命？那么主观能动性，那么生命的运行、生活的规律岂不都是被动的了？！

这使我记起前苏联科学家伊林在《天气陛下》中所说的话：大自然给人恩惠，也带来许多灾难；比如风霜雨雪——这些客观现象，没人能改变它，人类要敬畏着这天气陛下，否则会受到严厉惩罚；不过，人类也决不会在天气陛下的淫威下却步，而始终与大自然进行着不屈不挠的斗争。否则，芸芸众生整天都在忙活什么呢？！比方下大雨、刮风飘雪，难道真的就因此不得动弹？不！主观上人们一定会撑起雨伞，人们一定会穿衣御寒……

我现在终于弄明白了："听天由命"是宿命论，"缘是天定，份在人为；命是天定，运在人为"则不在此列，它的意思是咱老百姓怎么生存，环境怎样，怎样工作、怎么生活才好——该有领头人考虑；领头人的事，事在人为，关乎民生大计，影响民心民意。

我衷心祝愿大表嫂母女俩、三表弟夫妇尽早摆脱悲伤的阴影，阳光灿烂，生活永远幸福美好。也祝愿我所有亲朋好友永远健康、快乐。

第三辑　生死较量

第一次邂逅

——我与病魔的搏弈

[写作于 2011 年 6 月]

如果我说,我曾经是知青,随着"上山下乡、接受再教育"的大潮,吃苦受累,青春耗尽;风风雨雨几十年后,退休返沪,悠然南山,含饴弄孙。那么,一定会有很多很多的同龄人跟我一样,能说出那个年代、那段青春、那般激情,一定会一见如故,跟我成为知心朋友。

如果我说,我曾经是严重病患,游离于生死之间,跨越了化疗、手术、放疗三大生死之坎,与病魔搏弈过,在病痛中挣扎过,入苦海沉浮过。刚刚靠拢堤岸,触摸到平安,也一定会有很多很多的同命人和我一样,能倾吐出曾经的那种痛苦,那样的不堪,那样的期盼,一定也会相见恨晚,和我成为知心朋友。

如果能,如果行,汇成正能量,让大伙儿都不畏"天命",都扬起生命的风帆;如果能,如果行,抑或能提醒姐妹们关注健康,从中获益。

那么,我的真诚、我的笔触便没有荒芜,没有落空;我的行走、我的记录便有了灵魂的慰藉与升华。

一

噢,那是二〇〇六年五月的上海,那样的天高云淡,清新爽朗!谁又能料想,那竟会是一个让我铭心刻骨的日子!

昨晚看影视剧，入睡有点晚了。太阳升起了，我还懒懒的没动弹……哎，人生多美好！像我，十八岁离家奔东北，一熬几十年；政策照顾孩子提前回沪读中学，又万里挑一被录取航空公司当空乘；老两口办了相关手续，料理掉生活了几十年的东北家居，赤手空拳回到上海；帮衬儿子做到航空公司所要求的"每天山清水秀，从头到脚干净利索，气宇轩昂"；为了上海高成本的生活，为了一家人的安居乐业，咬咬牙，白手起家艰苦创业，做了个常人不屑、众口不赞的买卖，从东北长途搬过来，连批发带零售，从零起步，从小发展，到经营得有声有色！几年功夫，房买了——不小；车有了——不大；近水楼台——儿子给我领回一个空姐，鲜鲜亮亮办了婚礼，和和睦睦一大家子。看着孩子们英姿勃发、拉着航空箱进进出出，老两口也忙活着，进货、出货、收账、汇款，外加一日三餐变换花样，色香味形俱全，那是妥妥帖帖，真是别人看着羡慕，自家关起门也惬意……眼看着小空姐身形有变了，我拉架势准备晋升当奶奶啦！以后的日子呐，一二三四五六七的，真是看得清清楚楚，就一个字——美！

长长的伸了个懒腰，起床了。探头看窗外，风和日丽，今天要办的几件事在心里理了个 A、B、C、D。伸手拿衣服，胸罩第一个。整理间，手掌触动到右侧乳房，似乎稍有异样，不禁多巡回两圈，是不太对劲呀！自从离开远在东北的单位，回沪几年间，一直忙着，没有进行过任何体检。几十年啦，自己几乎不生病、不吃药、不去医院，总觉得自己身体很棒，任何工作干得都出色！那么起劲，那么神采奕奕，在建设兵团是团级劳模，在工作单位是市级标兵；从建筑公司的小小力工，干到小有名声的材料组长，人人服气；从商场的普通营业员升为楼层经理，个个称赞。同事们说："这真是个永不服输的女强人、飒爽利落的女爷们！"回上海后这一通创业，那种忙碌、那样繁重、那般不知疲倦，天天家长里短、大事小情的张罗，也没有任何劳累不适感！特别特别重要的，是我值得自傲的胸脯线条，有模有样，双乳匀称挺拔，从来都

当年我与日用品商场同事们

让女伴羡慕，自家也欣赏，让爱人呵护不已。……怎么今天就不太对劲儿呢？！

　　别管 ABCD 了，先去医院瞧瞧吧！

　　医生问我："有家属跟着吗？"我随口一句："向来自己能作主！"医生盯着我的脸说："不太好！"我还笑嘻嘻："能有什么事？"她认真："准备住院手术吧！"我张大嘴："啊——啊！？"

　　我不服，又去了一家更大的医院。爱人紧张，死活跟着！当专家医生同样严肃、冷峻的说出那几个令人恐怖的字眼后，我犹如五雷轰顶，顿时两眼漆黑。我想，我真是到站了……真就是这么突如其来？晴天霹雳，惊恐不已，心绞如割啊！夫妻俩手拉着手站在医院门口，肆意的眼泪夺眶而出，满脸横流；望着明媚的阳光、如织的车流、随意的行人，我终于矜持不再，放纵大哭了。天呀天，我还有明天吗？还有明年吗？还有那么多、那么多美好的时光吗？还能自如的生活，还能亲爱着家人，还能柴米油盐酱醋茶了吗？！还能看到我盼望的孙子享受到畅想已久的天伦之乐吗？！

二

　　我镇定，嚎啕过后擦干眼泪，收拾衣裳，整好情绪，打点精神。我得抓紧治疗，我得想法活着啊！踌躇中，幸亏我的妹妹熟悉上海，指点我说，一定要去上海肿瘤医院治疗！我有姐弟三人，只是弟弟年纪太轻，小家不睦，心绪不定，不尽如意，我这当大姐的体谅，相扰甚少。妹妹稳妥，妹妹真诚，妹妹情重，我信她，她是我家的守护使者！好多年了，我远在他乡，她几头奔忙，照顾着爸爸、妈妈、公公、婆婆，积极工作，勤俭持家，所以夫贤子孝。听闻知青子女能有机会回沪，她监护着我那刚刚跨出小学校门的儿子，整整呵护了 7 年。我们夫妇俩

每次回沪探亲，都由她安顿食宿，迎来送往一应俱全。等到我终于携夫返沪，上无片瓦、下无插针之地时，她又倾囊相助，鼓励有加，照顾周到，无怨无悔。知道我生命遭遇重大坎坷，她第一时间举着存折冲到我面前……我不怕，我不会怕，我也不能怕！

我忐忑不安，因为原单位没办职工医疗保险，一直是自病自看，自梦自圆，而我又一向康健，还真没把此当个事！可是，当我第一次惴惴不安地面临从未想过的所谓重大疾病；第一次左顾右盼踏进了上海肿瘤医院的大门；第一次战战兢兢地面对治大病救大命的大夫；第一次哆哆嗦嗦地穿行于 B 超室、X 光室、CT 室、活体抽检化验室、核医学室；第一次颤颤巍巍地手持一张又一张写满 ABCD1234、关乎我生死存亡的薄薄的五颜六色纸片；第一次胆战心惊，觉得曾经遥不可及的死亡竟然离我只不过咫尺之距，垂手可及……哦！健康的身体、医疗的保障，那是多么多么重要的生存要素啊！我无奈，我无助，我无望，我欲哭无泪！

我幸运。接诊的男大夫端庄、正气，一颦一笑和蔼可亲，医术既娴熟，语言又精当。查看了我右乳的中央和四周，查看了所有检查单据，告诉我"你的发现有点晚了，你需要先进行化疗，再手术，再做放疗……，现在有一种美国进口的化疗药物，正好在我们医院搞临床试验，名额有限，你的病情条件符合项目要求，除了附属的药品需要自负外，主要的进口药给予免费使用。此药在美国已获成功，你尽管放心，临床效果会很好的！化疗结束后，由我来给你进行手术。"望着大夫那张有着梦幻般笑容的脸，听着他轻声软语、循循善诱的告诫，拿着他为我开出的免费用药的批条，只觉得满天乌云倏地散出了一道缝隙，我轻轻地长长的舒了口气：还好，还好，我还有活路！

三

如果说第一次生命破茧而出是母亲的痛苦跋涉，那么，第二次生命裂变则是我自己的惨烈挣扎。

我安静，看着医院里摩肩接踵的人们挂号排队、付费排队、取药排队、输液排队，连上厕所都排队；看着门外走廊上身着条纹衣裳的住院病员被搀扶的蹒跚的身影；看着护士干练地操动令人眼花缭乱的医疗器械；看着护士慢慢地向我靠拢，慢慢地刺破我的手臂，白色的粉色的无色的、大袋小瓶的药水潺潺地流进我的身体；看着左右与我同样遭遇的姐姐妹妹们迷惘的眼神，我知道，这就是今后相当长的一段时间内，我的存在状态！自认为走南闯北几十年，一贯雷厉风行的跋涉，至今无私无畏、磊落坦荡，不曾想一撮小疙瘩悄无声息地潜伏着、生长着，

一朝见光竟绊住了我生命的脚步，搅乱了我生活的节奏，想葬送我一世英名啊！

我轻敌，之前也听闻化疗磨人，现在轮到我，假想着能怎么样？"还有我扛不住的感受吗？！"而仅仅第一个疗程过后，我知道我错了。输液被安排在医院指定的病房，有专门培训过的护士服务于这个项目，对病患小组统一进行操作。每次吊针 4 个小时，因为注射后两个小时，药性才会发作，所以有足够的时间回到家里！接着，经过 21 天的吸收消融，再去进行下一轮的注射。之前，还要进行血液化验，倘若几个关键指标不合格，还得另行给药治疗，达到要求才可以继续化疗注射。很多人都知道，那是整整六个疗程、历时 4 个月啊！那一种免费进口药——"楷莱"，是美国人制造的；还一种自费的德国人制造的药——"诺维苯"，尽管外表有粉色的美和温柔的水，而且是缓缓地进入人体，然而，它们那种肆虐、那种霸道、那种摧毁意志的能量一经发挥，直让人撕心裂肺，真是肝胆欲碎、蚀骨销魂！

我煎熬着，每一天每一刻都懒惰不安，站着想坐，坐下想趴，趴着想躺，浑身针扎似的，像一盘散沙；时时如高烧不退般的难受。白天盼黑，夜半盼亮，度日如年。人乏绵软，一点劲儿都没有，几步路迈出都走不成直线。打开空调太凉，换成电扇怕风，电器啥也不用，怕热。慢慢的，头发丝丝络络地掉下，鼻腔里揭皮般的辣；口腔里舌头发黑，边缘起泡，上下牙床溃烂成片。嗓子怕冷、怕热、怕干、怕稀、怕食物路过。渐渐的，肘弯关节连同手掌的每一个关节都肿胀红润，表皮如花蕾般层层叠叠绽放着；最后连整个脚掌也如此，显现猪不咬、狗不啃的那种腐败模样，肿得装不进鞋子。好不容易排除万难吞咽一点食物，片刻就踉跄着奔向洗面池，手扶着头，食物随着着喷涌而出；侥幸能入到五脏六腑的食物，稍后便倒海翻江，疼痛难受，按耐不住直赴卫生间，急匆匆呼啸而去！等着这一拨的药性发作、进入尾声，我稍稍喘息后，抬得起头迈得开步，又要如期奔向医院迎接下一轮！整整 4 个月——125 天啊，都在如此惨烈中熬着我的命……！我想，如果透视加 3D，我的内囊一定更加令人作呕，不可收拾，不堪入目。如果人间真有炼狱，那我正身在其中！烤着、煎着、熬着、炖着，想活不能，想死不成。如果没有亲爱的家人牵挂着我，真就纵身一跃，奔西去也。天哪，那一段时间，分分秒秒都被无限扩大的煎熬着，我真是连哭都找不到调啊！

我纠结，因为全部医疗费用要自己承担！返沪时，身揣手掐不足两万元。靠借贷披肝沥胆走了几年买进卖出的创业之路，在这大上海的一个小范围内，也算小有名气。立家为本，紧锣密鼓地买了了房、购了车，娶媳妇，倾囊操作，还规划长远紧紧手，另外置了房，月月收点小租金……满以为小买卖长长地做下去，小日子悠悠的过着，面前的岁月眼见平平展展、舒舒服服……得相信"人有旦夕祸福"啊！风云突变，一下子大厦倾倒。我当家的电告亲朋好友的第一句话："我们家天塌了！"定定神，倾仓卖清了所有的货物，偃旗息鼓，全力以赴，救命最大！合家安抚我，儿媳解囊，姊妹相助，我心稍安。原本就勤俭持家，这下更加精打细算！出来进去，坚持换乘公交，随身带着水和饼干解渴充饥，难得孩子有时间空档开车送到医院，真是如过节一般。可怜我的爱人，"外戚入乡"、"虎落平阳"似的，眼睁睁看着，不能替代我！"赶鸭上架"、拳打脚踢般的肩负起开门七件事；英雄折腰，天天算计着哪里还能再节约些，能省下的全都滴水成河，流向医院，给我换取救命的药品，换回无尽的煎熬！

我熬糟，儿媳的腹部渐渐地渐渐地隆起，不能登机，休养在家。之前，我大言不惭："你管生，我管养！"六个字铿锵有力、掷地有声！老母亲耄耋，一直跟着我生活，之前我远在他乡，未能照应，父亲久病母亲劳累，父亲住院母亲孤单，现在该我接过来包揽着！可是，可是怎么能因为我遭灾了就撒手不管？！看着这一大家子，我一定不能倒下去！日复一日强挺着，帮我那束手无措的爱人料理着家事家务、人来人往。他不谙南方风情，常常拎回家的菜篮子里，是绿色的干瘪的茭白、比芹菜还长的香菜、捂热了的菠菜，说不清部位、漓漓拉拉的猪肉，绽放着肚子散发着臭味的鲜鱼……卖货的人对他说，蔬菜长成啥样营养都一样，烧熟了肉是肉味、鱼是鱼味，啥也不差，还"大哥、叔叔、伯伯"的一顿呼唤。他向小贩讨教，常常把撮堆的落鲜苹果、没刺的草莓、黑皮的香蕉买了回来，人家告诉他"这些水果熟透了，打汁才是最好"。我能挑剔什么？我只有夸他人缘好，没到菜场就能听见欢迎他的锣鼓声！只有想着"反正吃啥都是快速通过，体内留不下什么，吸收不了什么"，没精神去快速培训他，也不忍心再去蹉跎紧锁眉头的他了……他做饭做菜都是东北口味，老母亲举着筷子浏览着，夹不了几下；看不过去了，颤巍巍要帮着下厨摆弄两顿，他则眉头更皱，很不习惯酸酸甜甜的上海味道。儿媳孕育宝宝，需要营养，可不能每一顿都泡饭、咸鸭蛋的胡弄。我是几头都疼啊！只要站得住，就左手撑着灶台，右手油盐酱醋的比划着，起码一家人都能吃顿可口的饭菜。"云开日出"的是周日妹妹休息过来操持一顿；有时亲家带着一堆吃食送来；让我拐来上海开饭店的小叔子也会急急忙忙买好菜送过来……还好还好，饿是饿不着，带着全家人一起熬呀熬！

四

我无奈，一家子好好的日子因为我而变得没了阵法、没了安宁、没了欢笑，人常说"锅破屋漏床上躺个病老婆"，真真是对不住诸位亲人啊！

呵，我这边正天不晴云不开、浑浑噩噩捱一天是一天呢，妈妈突然"夜半钟声到客船"——急性胆囊炎发作了，一阵疼似一阵！可怜妈妈实在摒不住了，悄悄绕过我房间，敲响了我儿子房门！幸亏儿子没飞行，在家，全体人员手忙脚乱将老人弄上车送去医院急诊室。一通忙乱后，妈妈留住观察室打滴治疗。护士要求家属陪护，弟弟妹妹东一个西一个住得很远，我不忍折腾他们；儿子的工作有它的重要性，起早的航班耽误不得；我当家的一个男人也没法近身去伺候老太太……只能是我啦！几个人千叮咛万嘱咐安顿好，我娘俩凑合到一起了。

在观察室，我没地方躺，斜靠着，这歪一会儿，那歪一会儿。妈妈哼哼着，一会儿上厕所，一会儿要喝水，一会儿叫护士。看看妈妈，想想自己，心里七上八下，脑袋瓜七荤八素，委屈的泪水止也止不住……最最漫长的一夜熬过去了，我妹妹急匆匆一早赶到医院替下我，我转身急匆匆乘车赶去肿瘤医院，因为这天正好是我第五轮化疗的注射日！

我惭愧！我的孙子终于急切切地要降临了。儿子婚后两年才计划怀了孩子，全家人都盼望着这一天。外公外婆是早早的守候在产房外，儿媳坚持自然生产，儿子订了套独立的可视可陪的分娩室，分分秒秒守护在身旁。我在家焦急着，不顾劝阻也去了产院，一起等待那激动的时刻。真是不给力啊，我扶墙站在产房外走廊上，安分不了一刻钟，时不时的就干呕着、冲到垃圾桶跟前，出不来进不去的折腾一会儿，真是煞风景！亲家劝说着安慰着我，只能一步三回头回家听信……终于，终于盼到了8斤的宝宝降生的消息，我打着车冲过去，小心翼翼地紧紧地抱着粉粉嫩嫩的小小生命，怯怯的轻轻地与我的孙子贴了贴脸颊，泪水悄悄滑落下来。还行啊——还行，我还能看到我的孙儿，看到当家的欣喜的脸，看到全家人久未绽放的笑容。天容我啊！出院了，按照习俗，母子二人被迎回了家，娘家妈紧随其后，贴身伺候月子和我们一同屋檐下。全新的生命给了我全新的感受、全新的力量。忙忙活活的，不经意间，一天一天过得快起来。哎，这生活节奏、生活内容的有益变换，真是令人欣慰！

日历一张一张地撕，日长夜大的宝宝快满月了。我的化疗也终于如期做完第六次，终于熬到头；我终于挺过来了，可恶的"楷莱"、可恶的"诺维苯"永远别让我再看见你们呀。乌拉!

五

　　还是那张让人看了就心安神宁的、和蔼可信的脸庞，吴旻医生详细地询问了我化疗后的身体反应，仔细查看了经过药物洗礼后的病灶处，然后在病历上写了一行字：化疗如期结束，准备住院进行手术!噢，我的第二个战役即将开始……

　　真的，洗礼对一个人的成长是多么重要。经历过如此炼狱般的摧残后，才感受到身体渐渐地恢复正常，头不晕了，眼有神了，手脚听使唤了；身上、手上、脚上的斑斑驳驳的痂，正脱落着，露出原本粉白的颜色；嗅觉、味觉、触觉都慢慢地回到我的身上，久违了的神清气爽是这么的令人欣慰，浑身舒坦啊!再回头看看，那么难熬的日子我挺过来了，整个身躯经过浴火重生般的脱胎换骨，前面还有什么我承受不了的?!想起我年轻时不谙世事，常常说："若在旧社会，共产党我拥护，但是我不加入，——因为怕痛，让反动派抓住了，一定撑不住严刑拷打，一定成为叛徒，不如就心里拥护着吧。"因为这句话，任凭在单位工作出色，又上报纸又上电视台的，这党组织愣是从来不找我，肯定是怕我玷污了!后来想想，这的确是句大实话，能想能说!现在看看，我是低估了我的耐受力，有点后悔年轻时的冒失!也许严刑拷打真就不过如此吧!那年月一句玩笑会葬送很多的可贵机会的，反正是再也收不回来。

　　"有床位了"!刚刚过了2006年国庆节，便接到医院电话通知。一行人忙不迭地赶去医院办理一应手续，谁不想早一天早一秒把趴在体内的坏东西剔出去啊，搁谁身上都一定是这一个心眼儿!兴冲冲按号找到病房。一屋六张床，人们热情，指点着靠墙的刚刚消过毒的就是我的床号。有人问我"病人来了吗"?我说"来了"。有人说"怎么还不进来?"我说"我就是"。那病号张大嘴："啊，你是病人，这可一点儿看不出啊?"正说着，门口又往里进人，对眼一看，哈哈!是我们同一个"楷莱"临床试验小组的难友陆大姐，

2009年10月，我瞻仰中共一大会址

跟我邻床哎，我的心情愈发好了。

六

要接受手术治疗了，我显得清醒、冷静。我清楚我会失去什么、会获得什么！我安慰着一早赶来送行的亲人们，让亲人们安心等待，安心祝福我会顺利、会活着、会再见！窄窄的手术床载着我，穿过人们的目光，推过长长的走廊，进入又一条窄窄的过道。那一长排标着 1234567 的手术室移门，扇扇洞开着，迎接着不幸的人们……到了！手术床停在手术室中央，墙壁都显现浅浅的蓝色，护士们都是淡淡的粉色，满屋都是好闻的"来苏水"香味，让人觉得安宁，神经松弛。医疗器械则冷冷的悬着、卧着，各就各位。护士们真好，边忙碌着固定我的手脚身体，边跟我唠家常，闲言闲话帮助我放松心情。医生的副手先前一步揭开蒙单，拿着尺拿着笔，在我坦露的右乳上画着直线、横线、斜线。我可没脸啦，又一次让第 N 个陌生男性在我神圣的区域肆无忌惮、纵横驰骋，真真羞愧难当。

听到护士们尊敬的招呼声了——我的主刀大夫吴炅查完病房来到了手术室。稳稳当当的吴大夫走上前来，查看着那几条线，问我"紧张吗？要保乳吗？"我回答"不紧张，先保命，请吴大夫把疑似的物质都切掉"！他笑了："什么叫疑似的物质啊？"我也笑了，说"那不是非典时的关键词吗"？他说"你放心吧"！话音刚落，护士把一个类似防毒面具样的东西一下罩住了我的口鼻，仅仅半秒钟，也就半秒钟啊，我一霎间没了神志，无知无觉、无疼无痛、无欲无求，任人"宰割"了……

渐渐的、渐渐的，似乎有了点自我意识。朦朦胧胧中，首先能动的是眼睛，慢慢睁开，看到了那淡淡的蓝，有声音在说："醒了醒了！"浅浅的粉红飘过来问我"想起什么了吗"？还能什么？我从鬼门关晃悠一圈回来了呗！又是经过窄窄的过道、进入长长的走廊，亲人们一直在警戒线那里翘首企盼着，听到护士在喊我的名字，说："出来啦！"一拥而上，急切地呼唤着、端详着，簇拥着手术床一路推进了病房，搬到了床上。我泪如滂沱，百感交集。

还能活着，感觉真好！看到人们呼出一口长气，感觉更好！胆战心惊整整守候了五个小时的亲人们，你们辛苦了！

尽管浑身木然，知觉还没有彻底恢复；尽管手上打着点滴，脚上扎着吊瓶，鼻子插着氧气管——那么张牙舞爪；尽管整个胸腹部用纱布、药棉、强力绷带紧紧地裹着，箍得几乎出不来气；尽管两根管子分别从刀口处牵出来，各自栓着一个葫芦袋，我的血鲜红……我清楚我活着呢！这些措施这些装备，都是为了再快一点把我拽回来。

揪心揪肺的一天熬过了。入夜，我女儿坚决要求由她陪着、伺候着。女儿非我所生，15岁时因为缘分，我将她从穷乡僻壤接到身边，让她学本事，教她学为人，帮她农转非，为她择郎婚嫁。我言之凿凿："不用她给我养老送终，只为她眉清目秀的远离面朝黄土背朝天！"我笑言："这马马虎虎也算是希望二期工程吧！"有着七个儿女的、这女孩的爹娘，称我们两口子是他家的太阳，相处甚好。紧跟着，她的姐妹也步她后尘，个个弃农经商、进城买房置地，把爹娘也供成了屯子里的VIP（贵宾）了，动辄上京下卫旅游，乡里乡亲煞是羡慕。待我回沪数年，安居乐业后，他们请求着让我再度伸手拉一把，帮他们到上海搏人生、挣前程！我们当然满口允诺，安顿他们一家三口吃住在家一年有余，协助他们安心找项目，到处寻办法，小打小闹做起来，兢兢业业的也小有成效。屈指一算十余年了，女儿一家感恩孝顺、心无旁骛，自己亲生的也就如此这般了，我很享受。

悠悠的，身体一天比一天活络，精神一天比一天恢复得好。术后三天，就试探着下了床，慢慢的动一动，再动一动，一点一点自如。自信一点一点回来，悄悄地竟然很享受这一段痛苦中的安逸。之前很让我恐惧的伤口疼痛，居然一点没有发生。据医生讲，患部的纵向神经都切断了，不会知道痛。只躲着不去想"残忍"二字，麻木的感觉就忽略不计啦！每天按时起床，量体温、倒血水、吊盐水、大夫查房，护士巡视，问候无数次；每天护士长督促大家在长长的走廊上做恢复操，来回多走路增加活动量；医院食堂一日三餐有滋有味，热热乎乎送到病床前；家人朋友汤汤水水、糕点水果，花样不断，络绎不绝。我的记忆中，成年以后除了生我儿子，似乎还没有过这样的安逸时光呢！

代价是沉重的：条纹服下我的右侧一马平川，沟壑全无，骨骼嶙峋，惨不忍睹。自己心里留下挥之不去的一个烙印：我残疾了，永远的不完整啦！最最关心的是手术后那一份份陆续出来的检测报告；晚间静悄悄时我常常溜出病房，央求值班护士给查一查看一看报告的结论。护士了解了我身上有多个淋巴转移，受体阴性，诸项指标好坏各一半后，直摇头。好端端的一条命，让几张纸片斑驳得支离破碎，四面楚歌——我心沉重！

又是一个秋高气爽的日子，儿子笑眯眯的来到病房，要扶着我去住院大楼外走走，活动活动。我疑惑：这男孩子真心粗，不知轻重，这可是大活呀。等随他慢慢地下了16层的电梯，走到灿烂的阳光下，稍一定睛，楼前树荫下儿媳笑吟吟的喊着我，身旁一辆熟悉的儿童推车里，我的孙宝宝正踢蹬着，咿咿呀呀的等着我呢……哦——哦！沉重顿时消散，快步扑上前去。阳光透过树叶，正柔柔地洒在我宝宝的身上，两个月大的婴儿虎头虎脑，一派男人腔调。儿媳妇粲然地说，买什么物品都已经不能让妈妈顺心了，只有宝宝出动才是给妈妈最好的兴奋剂呀！我右手执拗着，不能抱他，只能埋下头放肆的醉心亲吻。是啊，宝宝的造访实在是给我注入了新的生的活力，更充实了渴望！祖孙三代亲亲热热在饭店欢聚了整个中午后，我回病房，他们回家！病友们都夸"孩子们懂事，你老两口福气"，我心里美滋滋，脸上笑嘻嘻，什么"淋巴转移"、什么"受体阴性"都在九霄云外了！

终于撤掉一层一层的包裹，拔掉了一根一根的管子，交完一张一张的费用——我出院了！

七

家里很安静。母亲住院治疗，由妹妹一手照护；儿子、儿媳、孙子由亲家母全面接管，日常生活搬到那里去了。当家的可算喘了口气，尽心竭力地陪着我，养着、歇着、恢复着。可家里有一个不安静了，被宠了7年的我的"西施姑娘"——小旺旺见到久违的我，欢叫着冲过来，一阵呜咽缠绵！它歪着脑袋想不明白：日夜与它形影不离的妈妈去哪了，怎么才回来？！

日子是好熬多了。家住二楼，楼房一侧是发展后的七宝古镇延伸段，车水马龙，人丁兴旺，繁华非常。因为离虹桥机场近，孩子们上班方便，十分钟车程，打算永久居住在此。底楼是延伸、扩充出去的沿街商铺，屋高、面积大，屋顶上面就成了一个露天的、如篮球场般的空地，平展展一大片；人可以在上面行走，旁边还单独设置扶梯，傍着小区干道。二楼居家于是视觉开阔，纷纷装点那铁树、扶桑、凤尾竹、牡丹、月季和葡萄架，以及自家添置的铁艺桌椅、烤肉炉、秋千凉棚、晒衣架，其他楼层的朋友们也时时聚来，人欢鸟唱，鸡犬相闻，和和睦睦。邻里问，怎么老也没见我？我支吾"回东北了"。自己不幸，不愿染及旁人！息事宁人，忐忑中过着、蹉着这不知尽头的每一天！

又到了复诊的日子。六年前就诊，没有"预约"一说，看病就得早早去排队。多早？头天晚上订好出租车，凌晨三点车在楼下电话催你，一路到医院门口，那里已经人影绰绰、长队逶迤了；无论春夏秋冬，天天如此。

有点失落——吴大夫出国学术交流去了。一个女医生满脸木然，拽开我的层层绷带，看了看刀口，说"该放疗了"！几张单子递过来——又是一笔数字从银行卡上挖出去……

八

第三个战役打响了。

也是有专门的放疗医生接手，我又裸裸的躺在他们面前，胸怀坦荡地由他们用红色记号笔，画上标准的几何图案，然后再去机房登记。这里的病人真多呀，因为设备先进、技术了得，其他医院的、加上外地医院的术后病患都蜂拥而来，一天24小时，大夫倒着班儿，几乎歇人不歇机地进行操作！我被安排在每天早上7点到此放疗，需要进行25次；节假日顺延。有点恍惚，因为放疗机械操作时辐射太大，所以化疗全部在地下两层进行。我每次站在昏暗的楼梯口，都忍不住设想：也许地狱之门的去向也是此情此境？真可怜！这每一步都走得战战兢兢、颤颤巍巍，真折磨人啊。每天早早的赶着第一班公交，去走这心惊肉跳的楼梯，听着护士喊到我的编号和姓名，进入机房。哦，偌大的机房能见度极低，阴气森森，压抑着人心，隐隐绰绰一架巨大的复杂机械，如变形金刚般幽幽地等着我。只露两只眼睛的医生让我躺平，给我掰好身体角度，肌肤上几何图案的每一条线都对应着机械发出的红色光束，牢牢地锁定后，"不得动弹，不能喘气"，嘱咐完毕，走出去反手把两道厚厚的防辐射门呼隆隆关闭，冷冰冰、硬邦邦的空间于是只剩我这个还有心跳、不能喘气的肉身，充斥恐怖的与世隔绝的感觉，还要攥住全身肌肉，听凭那机械盘压过来再压过来，任凭那光束的强度瞬间增强、再增强，扫描着杀戮着细胞，头脑清晰地默数60秒……噢，真正的死亡到来可能也没这般令人窒息和恐惧吧！隆隆声响起，护士进来一声喊："好啦！"我七魂六魄收拢，赶紧穿好衣服，双腿轻飘飘地走出这房间，又一次长长的长长的舒出一口气！

放疗N次后，肌肤上的几何图案慢慢地变幻着颜色：浅红→粉红→深红→紫红→黑红。那延伸到脖子上的线条，因为遮挡不了，常常露出一抹令人惊恐的红。放疗的副作用在我身上显现的仅仅是乏力，因为经受过化疗反应的残忍蹂躏，又见识了其他患者几何图案那破败刀口上，那血水殷殷的溃烂状态，我这一点点，简直不屑一提！最最让我汗颜的是那种心理上的习惯意识：只要看见白大褂白口罩，顾不上问"是大夫是护士？""是男的是女的？"就会下意识的准备敞胸露怀并且毫不犹豫，只要人家想看要看！没了羞耻、没了廉耻、没了防备，没了起码的矜持，这人啊做到这个份儿上，这脸真是丢尽啦！

　　九九八十一难，我苦苦的捱着捱着，终于三大战役宣告结束——我蹚过来了！

　　这是要命的病啊，我得服点药吧？吴炅大夫说："你受体阴性，所以常规的术后，治疗、防范的药对你都没有作用。只有一种叫'赫赛町'的药，对阴性体质能有点效果，但是每年要自费近三十万，得连续服三年，你回家商量一下。"我？不用商量，我没法商量！别说只是"有点效果"，即使百分百的效果，"一年几十万，三年见成效"——就想想这个，我也办不了！我爱我家、我爱我的亲人们，我绝不可能让全家人倾家荡产、卖房卖地跟我一起扛这座山，冒这种险！可是，日子要过，病也要治，我茫然！……

九

　　当家的很清醒，见我执意拒绝"赫赛町"，叫我别惰着、别气馁，去讨教讨教中医吧！说实话，我向来不理会中医，从小到大，看到、听到、闻到中医药，都有点排斥。现在走投无路了，只能试一试！上海有很多名气响当当的中医专科医院，我不知道奔哪一家？！当家的提醒说，还是认准肿瘤医院吧，那里病患多，经验足，医院里除了看门的扫地的，全都是专家。话有道理！去吧，看一看再说。

　　现在回想起来，人生啊，冥冥之中是有一定的走向取舍，有一定的因果关系的。

　　那是第一次中医挂号，因为不了解也不知道找哪一位大夫，只能任由挂号小姐安排。因为之前等待血液报告，又忙着让吴大夫看结果，所以快下班了才匆匆忙忙跑去中医门诊。门前有位女大夫正张望着，看我急匆匆，就问是不是虞绮莲，"正等着你呢"！哎，亲切感油然而生。坐定后，大夫给我细细把脉，很认真地看治疗记录，又耐心听我叙述过程，柔声询问。我心里暖洋洋，很舒服。聊着聊着，她问我"你这上海人怎么拿着外地人才用的自费卡、自费簿呢"？我很感动，眼睛一热，满腔的憋屈一下子有了述说处："我是知青，50岁正常退休返沪，碰巧上海改政策了，一律55岁才可以落户口；现在是东北单位不认我，上海故土不要我的悬着。有病不能等着呀，全部自费治疗，报销无望。看着无人能懂的病情，熬着！"大夫真好，对我说："你这大病一场，接下来需要镇静安心。既然西药不适合，咱们就用中医调理着试试。坏东西拿走了，就过了一大关，中医药治本，慢慢的调理好体内的五脏六腑、血液神经，人就会恢复健康，抵御疾病。既然是自费，我就把最关键的十几味药给你组成方子，你耐心的用起来。"看着方子上的签名，得知她是黄雯霞医生。至此，长长的五年里一直有这个名字陪着我，为我细致诊脉，为我保驾护航！

　　从那天起，我的美丽精致的家，就弥漫着难闻的中药味，一个硕大的电药罐天天咕嘟着冒热气，全家人都浸润在这浓浓的无处不在的气味里。大家说，只要能调理好我身体，恢复健康，这些都是小事情。我每两周去让黄大夫把脉，拎两大袋子药回家。肿瘤医院很规范，草药都分门别类按克数包装。拿到家后先铺开，再配伍，用 14 个塑料袋分别装好，每天拆一袋浸泡两个小时，熬两遍合计两个小时。天天捧着药缸子，早晚两顿一天不拉地喝，天天拎出去那

中药罐

满满一兜子的药渣。熬人的功课天天做，当家的孜孜不倦陪着做！这中药实在苦啊，浓浓的黑黑的，喝了几个月，连牙齿都有一层淡淡的褐色。为了养身保命，这些都能挺住。挺不住的是术后每三个月要化验一次血，做一次 B 超，便于及时掌握体内情况。每次等待报告，就像等待宣判，能活不能活就在接报告的一刹那！自己知道这一刹那就是鬼门关的槛里槛外；这一刹那，手抖、心颤、冒虚汗！还好——还好，自身的免疫力在慢慢恢复，中药慢慢地起了作用。一次又一次的检测都闯过来了！等到术后第三年，开始半年一次检查了，我也久病成良医了，那些 CA19—9、CA15—3、CA—125、甲胎蛋白、肿瘤抗原，我都看得懂，明明白白；B 超和 X 光报告都是文字，更一目了然，可还是统统要痴痴地举着，请黄大夫看一遍，她的金口玉言才是正式的判断——我相信她、依赖她！每次去她诊室，都看见里三层外三层的人，她始终轻声软语讲解，循循善诱，而且把握时机鼓励患者，始终赢得一片赞誉！很多慕名而来、远道赶来，几年十几年只信服她的患者们，心安理得地等待候诊，或站着或坐着……她常常还急匆匆跑出来，领着病患去订正检查结论，急火火找同行切磋病患的紧急治疗，一帮人簇拥着她，里里外外紧跑着！我很享受我所看到的，我很感动、很庆幸，我命真好！我心安逸！

　　生活在有规律的进行，天天三顿饭、两遍药、N 遍水果和无数饮水，修复着我的百孔千疮；天天做着灵活、简单的恢复身体的术后操，随着手臂的墙上爬，数着越来越高的记号……儿女们真好！给我准备了冬虫夏草、螺旋藻片、灵芝破壁，林林总总的排着队服用。自己也能走动走动了，去菜场、去超市，挑选可心的吃的用的，当家的跟着大包小包拎。我笨人笨法，之前喜欢的食物都一并舍弃，之前不爱的吃食都一样一样习惯起来，谓之"改掉旧习惯"，把也许是吃出来的毛病吃回去！黄大夫更干脆："什么营养品、保健品，都给我停用，老老实实给我吃新鲜的蔬菜水果、新鲜的鸡鸭鱼肉。"一声令下，倒也省事儿了，安民告示一贴，七七八八的不进门了，安安心心吃着黄大夫所说的范围，一天又一天。

<h1 style="text-align:center">十</h1>

　　有空了，当家的琢磨：这好好的怎么得这个病呢？怎么才能调养的更好呢？想来想去想了一个大办法：换换环境！哎呀呀，我的郁郁葱葱、休闲惬意的大平台，我的诗情画意、处处精致的温暖的家，真是舍不得放不下呀！儿媳雀跃，正好能置换到离娘家近一点的地方，而且增大了面积。我也有点窃喜，因为能规规矩矩为母亲布置一个属于她的房间！有了共识，全家雷厉风行，一顿忙乱，买房卖房、采购装修、搬出来搬进去，当家的叱咤风云，首当其冲全力操办，不辞辛苦。我是大处着眼、小处着手，颐指气使，调度得当。四房两厅两卫，南北通透，大小阳台各司其职——妥妥当当。二楼升迁九楼了，新地点、新环境、新邻里、新风景，距离亲家居住的房子也就公交两站路，皆大欢喜！有了高度，我找窍门，想着法子利用窗外的夹角搭出一个小平台，专门安放药罐；煎药时大部分味道就都飘在外面，微风轻佛着，被稀释得无影无踪。那高高的楼房，宽敞的楼栋间距，还有宽宽的绿化带，不防碍观瞻，不影响市容，全家人的空气质量一下子改善了。儿媳夸我"妈妈真有办法"，我头一昂："没几下子能给你当婆婆吗？"

　　怎么说，这致命伤是留下了！右胸重创，皮骨嶙峋还殃及腋下，因为腋下淋巴剥离，那薄薄的一层肉也跟着去了。一条笔直的刀痕如同特快专递信件上那长长的封口，牢牢地贴在那儿，很怵目。这刀痕，连同吴大夫的签令、精湛的外科手术，让我永世不忘。只是穿上什么衣服，都七高八低溜歪斜，没法见人！在家行，家人不嫌我，夏天的小背心永远搭拉一半；能披上外套的时候，永远一面空荡荡、瘪塌塌——挺着呗！见外人可不能这样，怎么弄？也知道"古今胸衣专卖店"有专门的假乳出售，可我忐忑、小心眼：要价太贵，买下后我若走不了多远，岂不浪费？想尽办法自己弄——我灵巧，自成人起就会女红，绣枕头、勾窗帘、纳鞋底、缝鞋面，会裁会做，上衣裤子都不在话下，这点事儿难不倒！我用海绵修剪成形后，袜套罩外面，试用时发觉太轻了，走出去一高一低；用橡胶手套灌上水，自然成形，装进胸罩，试过时发觉太沉了，转身猛点就出溜下来。我聪明，把海绵的厚处缝进老母亲给我的两块银元，配上一点小份量，哎！差不多，挺满意的，进进出出过得去了！可后来"出事"，闹笑话了。有一天正逢体检，X光室当班的大夫年纪小，忙活着叫我把身上的金属都拿

走，他自己躲进操作室比划着去了。一会儿，他满脸紧张地出来，问我"你确定已经手术过了吗"？我回答："是！"他说："不对，里面还有啊！"噢——五雷轰顶，"不可能啊"！我惊恐得纳闷了三秒钟，才恍然：哈哈哈！我那天带着抹胸，那镶着银元的自制品正老老实实趴在那里呢，机器一瞄，那不就是黑乎乎、影绰绰的一团吗，谁看都像啊。瞧洗出来的第一张片子，就是让他紧张的那张，他笑，我也笑。哎呀呀，活着活着，自己也有信心了，有啥呀？买一个真的能怎么样？走，淮海路去一趟，全套的都买了回来，大小、轻重、形状、质感都恰到好处！花钱好，花钱痛快，装备妥贴，美滋滋的，一下子自信都回来了，感觉也都回来了——好好活着吧！

<h1 style="text-align:center">十一</h1>

有了精气神，便有了故事。

我感恩。掐算着手术治疗已经整整五年，特地早早的预约好吴昊大夫的专家门诊，虔诚的耐心地等着。因为他的精湛医术、他的口碑、他的能量，吴大夫早已晋升为肿瘤医院副院长！门诊时有两位博士生做副手，人手一台电脑，听着指令、翻病例、查报告、打医嘱、下药方。我进门，见他架着金丝边眼镜，穿着耀眼的白大褂，站着接待病人，依然风度翩翩，气场十足。还是那温婉的语调："你是什么情况啊？"他经手的病人无数，早已不认识我了。我简洁明了的对他说："吴大夫，五年前是你为我提供了免费的化疗，为我做了精湛的乳腺手术。这几年我一直服用中药，按时检查，之所以安然至今，你的手术才是最至关重要的一环，今天我特意过来表达我的感激之情，请允许我诚挚的向你行个礼！"边说着边用双手扶持，大夫与我成正对面角度，向他深深地鞠了一个躬。没等我下到标准弯度，他意外，他猝不及防赶紧伸手托住我说："千万别，千万别！这是我应该的！"那两位副手和若干病人都笑了，我也含泪笑了！真的，之前尽管听闻这里拒绝红包，但手术前病员们还是切磋着怎么表达心情。我是持反对意见的，觉得红包真是亵渎了他，可是救命之恩总得让我感激一下吧！吴大夫那天舒心的笑容，我觉得我表达得恰当，顿时心安了许多……感恩的心中，总是有你！

我淘气。那天去看病，黄大夫门口依然是挤挤嚓嚓的人群，我挂了56号。当时刚轮到7号病人就诊，我着急，因为外面有约，想早一点诊治！便挤到门里大夫能看到的角度等着。紧挨着一个女患者，她热情，问我"你几号？"10号"！她纳闷："我也10号？"我从容："我是小10号！"她恍然"哦，那你是小号，你先看"。我镇定自若，坐下来露出手腕，黄大夫也绷不住了，一边号脉一边笑！

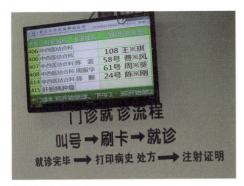

就诊预约服务台

我努力。主动要求看护孙子，让亲家母也间隙地喘口气、歇歇脚。能抱动孙子时，风和日丽，就偷偷地带他去人民广场，看喷泉、看鸽飞、看烂漫、看人海，享受能与孙子同一蓝天下的点点滴滴、分分秒秒。能留宿他时，同床共枕，细细端详，不厌其烦，看不够亲不完，感叹我还能有此情此境，陶醉天伦，人生真无憾也！记得一次我给他换"帮宝适"，孩子手蹬脚刨、咿咿呀呀地等着。

忙碌间，我自制的假咪咪掉在了床上。床大，2米×2米，那东西咕噜着，宝宝一眼看见，翻身爬着、追着，一把抓住，又爬回我身边，拉着我的衣服领口就往里塞……我的心啊，啥味儿都有啦，夸着他，抹着泪！再以后，孙子会说话了，瞄见我衣服里的南辕北辙，歪着头说："奶奶，没粘上，没粘上呀！"我真是哭笑不得，永远粘不上啦！再大些了，他小嘴巴巴的："奶奶，有病不能生气，不能吃力！"宝宝聪明，宝宝有才，会识好多字，会唱好多歌，不会耍赖，不会怯场！亲家母照顾我，每周一至五她管，周六周日我照看。日复一日，年复一年，至今宝宝六岁。这六年，我的不平凡的一段时光啊！

我活跃。年轻的时候就欢蹦乱跳，人见人爱。自小就是学习尖子，文体骨干。到兵团，进工厂，甚至回了上海，仍然一直喜欢唱歌和节目表演。有过这一段铭心刻骨的挣扎，这一切又有了全新的意义——别人也许只是排遣、闲暇、出出风头，而在我来说，恰恰是在阳光沐浴下，重新享受生活里每一款欣喜、每一刻欢乐，而且是自觉的磨练！练气、练声，配合药物的补气补血。我在家的口号：锻炼身体，保卫自己！儿媳呵呵呵呵地点赞："有道理！"我在外，无人知晓我有残疾，我自己比量着身体的承受能力，玩着疯着……我留意着身边的人们，渐渐地加入了居民跳排舞的行列；小区里跳，街道里跳。慢慢的又参与到街道合唱团里，这里唱歌，那里比赛的沉醉在庞大队伍中，发同一个声音时，自身虽渺小，心灵也澎湃……

我热情。之前在东北，跟朋友同事交往甚好，十天八天就张罗着到咱家里坐坐。家不大，温馨舒适；菜不多，南北风味都有。那里的邻居们也好，夸说我们这两口子："一看就是让人放心，觉得可交，不自私、不计较、厚道宽容。"回上海了，刚刚安顿，陆陆续续的，女儿一家来了，两个小叔子来了，朋友同事来了，我家人头攒动，看病的、串门的、逛街的、参观世博的，真是门庭若市。常常年夜饭，一摆两大桌子，我满屋一瞧，只有我是上海人，这拉动"内需"，是否也有我一功啊？！我若麻木，谁能走近亲近？！在公共场所，我会制止有些人的不良行为，提倡公德之心。公交车上，我会为坐不上座位的老人孕妇，动员他人起身让座，敬老爱弱……

我爱美。喜欢衣物不一样的搭配，不赶潮流不羡奢侈，平平淡淡中穿出属于自己的矜持与品位。咱还会点手艺，绝不与他人雷同，那是过去、现在、将来都不会改变的。金星妹妹讲过"五十元穿出五百元的感觉"，说："这叫气质！"大病后，不敢添买衣服，因为高低不平，因为时日茫茫！现在有了五年打底，我又振作了，该买的买着，能改的改着，色调，样式，佩饰，头上、脖上、手上、脚上，统统都慢慢地集合着，我的风韵、我的腔调又都回来了……活着，真好！

十二

六个年头过去了。按照常规、估计和感觉，按照人们在这方面积累的经验，我的病就算进入了安全期！感谢"楷莱"，感谢"诺维苯"，感谢吴大夫那一刀，感谢黄大夫那些苦苦的药……只听黄大夫一声令下，我甩掉了大药罐，换了中成药，继续再服用一段时间。我欢呼雀跃了好几天，不是日复一日的麻烦，而是身体康复的标志啊！病魔暂时销声匿迹，偃旗息鼓了，我的肉身和心灵都回来了！

往前看，还有很多四季交替和很多有滋有味的日子！我努力着，思想着好好陪着我的爱人我的孩子们，一起走得远一点、再远一点。我不再怕，孩子们很成事儿了，老两口都落实了上海户口，参加了上海医保，还都早早的买了保险，防范在前。有病及时医治，有吴大夫，有黄大夫，有很多像他、她那样的好大夫为我保驾护航，前面再有沟沟坎坎，我们不会怕了，心里老有底了！

我的经历告诉我：有病不能怕，科学对待，积极治疗，努力配合；有病不要怕，端正态度，放开心胸，开朗乐观；养病别畏难，听从医嘱，认真服药，按部就班；养病别怕烦，食补胜于药补，好心情胜良方！凡事不计较，大事多开导，天天保证一日三餐清淡新鲜，鸡鸭鱼肉伴着谈笑风生；和睦的家、顺畅的心，一切坎坷烦恼都会过去的！

噢，十月的上海秋高气爽，桂花香，鱼虾跳，螃蟹肥，月饼香，正是好时光！倘徉在这充满惬意的生活流里，我满足！

生活在继续，生命在延伸，欢乐在继续，希望在延伸，我还将继续我的生命、我的行走、我的记录、我的感动。

第二次握手

——再走那"长征路"

[写于 2014 年 1 月]

　　2013 年元旦刚刚过去，真新街道举办的铜川社区新年联欢会刚刚结束，我和慧丽同学卸了装，走着下楼梯。她兴致勃勃地说：咱俩连唱带跳的这个《黄昏放牛》，真是好听又好看，我越演越高兴！过几天，还有明日社区的一场唱完，热热闹闹过春节啰！我轻轻地叹了口气："我——我可是坚持着完成了铜川社区的托付，可是时时强忍着内心的巨痛，这会儿不能不说了，实在对不起，姐们！下一场我没法和你唱了，你赶紧跟相关人员打招呼，换节目吧，一天也不能耽误了！约定了日期，我要去办一件迫在眉睫的大事儿了！"她惊愕着，我——一直的热衷舞台喜欢表现的人，怎么会主动拒绝她所在社区的演出邀请呢？

　　隔日，一场惯例的真新新韵合唱团迎新年会上，我精心选了两首自己喜欢的歌曲，曲子中有耐人寻味的歌词："懂你……等待……！"虽然气已渐弱，但竭尽全力，尽情放歌，诠释词意，拼着唱着，想着自己也许是最后一次唱歌："假如我还能有明天明年，假如还有人能懂我，假如我还有资格等待……"

肿瘤医院

两曲终了，我给全场的歌友们说了如下的话："亲爱的朋友们，年会结束后我将告假一年，我有一个行程要去完成，返程票没法预订，我努力吧！"人们听着都以为，以为不过是一个正常平常寻常的请假罢了，以为我要矫情，以为我去旅游，以为我有事情要办理！

会后，在灯红酒绿、美味佳肴之间，我一反惯常的谨慎矜持，向每张桌上每位歌友都热情地巡酒着，招呼问候着，直到席终人散。

第二天，我又踏进了上海肿瘤医院的大门。

一

与 2006 年相比，医院新建的大楼鳞次栉比，高耸入云。每栋楼前依然是摩肩接踵的匆匆人流。每层楼面依然是人头攒动和长蛇般逶迤的排队。药品专用车进进出出忙碌，运钞车一天数次，装走一箱又一箱人民币。我心缩紧着，看着这一切！我熟门熟路，周转着好不容易挂上了已经是每次 300 元的、特需门诊吴昊大夫的号码，忐忑着又将敞开衣衫，让大夫检查我那剩余的半壁江山。

我自述着：喝了五年的苦汤药，服了一年的中成药，发觉最近还是有了异样，请吴大夫给确诊一下。他是博士，他是西医，他不屑，"那都没意义！小东西已存在一年多了！对你，这回的治疗方案：先化疗——手术——再化疗——最后放疗"。

每个字都吱吱地锥着我的心，每句话都重重地锤着我的头，天啊天，我怎么了！怎么了……

噢—噢，万恶不赦的病啊，无可奈何的我啊！

医院现在分工更明确了，下完医嘱，就让我去一个专门管理化疗患者的研究小组。嘀！长龙排出门口，还拐弯呢。好不容易挤进了门，小大夫一句问："用进口药还是国产药？进口药自费，国产药走医保！"我郁闷，让自己选药？后面人催着，我说"我没能力自费进口药，只想在医保范围内进行治疗"！这人哪，啥时候都得有主心骨支着。听我这么理直气壮，那小大夫笑了："那好吧，有一种进口药你可以用，也能走医保。"气人吧？！我都这样了，还跟我要这套！接着，她仔细登记了我的病历，签发了允许注射的单子。她那个登记簿上，我看到自己正好编到 94 号，这别扭！刚要提出异议，忙碌着的其他大夫一句话："这儿无禁忌，排哪算哪！"唉，我这命……！当家的跟着一通奔忙，又把我领进了注射区——得叫"大厅"了，因为放眼看，座椅有一大片，划分着 A.B.C.D 好几个区域，长长的护士台 8 个注射窗口，顶棚挂了好几个显示屏。人们拿着座位号，看着显示屏，轮到了就走向窗口，撸胳膊挽袖子。家人紧跟，呵护着病人，高举着第一瓶正滴液的药，再端着盛放第二、三、四、五、六瓶药的塑料筐。回到座位上，熬着那一滴滴药水慢慢地流进去、流进去……

<h2 style="text-align:center">二</h2>

一直都有什么"轮到"之说。别人家怎么轮，我不知道，我们家在我这里就算轮得明明白白了。在我确诊再度患病的当天，当家的斩钉截铁，"别算经济账，怎么好就怎么治"！老两口子面对面，有点迷糊：怎么开口跟孩子说呢？

回到家，没等我想好怎么说这第一句呢，儿媳雀跃着就过来了："报告妈妈，一个美丽的意外，我要生小二了！刚刚验证妥当，明天我就去公司告假，停飞养胎，直至宝贝出生啦！"

天哪，这是怎么啦，福与祸怎么就这么挤着、急着赶在一起了！

我也不能不说呀，这是瞒不住也挺不住的事儿！咬咬牙："孩子们，有二宝宝当然是好事。但我高兴不起来，妈妈不好意思——妈妈又惹祸了，也刚刚验证妥当，明天开始化疗去了。"

换位思考，谁摊上这样的婆婆、这样的妈妈，心里不紧紧的？！真的，孩子们听到这个情况，既意外又镇定，儿媳张口就说："妈妈，别慌，确诊了就抓紧治！卡号写给我，明天给你拨款，按说妈妈也是'老战士'了，别胡思乱想，有我们大家呢！"——还是那么一堆暖心暖肺的话语。我惭愧，我欣慰，我骄傲！！

真的，孩子们不错！同一屋檐下，这些年和和睦睦，开开心心，从来没有口角是非，从未高腔大嗓。任何事情有商有量，啥时候都换位思考、互相体谅。经济上各司其职，争先恐后承担；生活上各司其职，按部就班；老有老的尊严，小有小的爱心。温暖的窝，幸福的家，舒适，安逸！

真的，儿媳懂事，又通情达理。记得2008年年末，我亲爱的爸爸卧床十余年，终于心力憔悴，没能再熬这一天又一天，安逸地永远睡去了。殡葬服务一条龙，人家服务上门，约我们商议一应事宜。首先：老人灵堂设何处，要先行布置。我和妹妹抱着头哭。按说，弟弟是父母最爱，在儿子家中承办最妥当。可他远走他乡，闻讯正乘飞机赶回呢，弟媳推托不懂、不会、不容；妹妹家楼高屋窄，祭拜铺展不开；我这大大小小一家子也犯愁着怎么弄好……这就像过去说书中所讲的"事情有点繁绕，有点棘手"。正在这时，我儿媳来电话："外公的灵堂准备了吗？我妈妈说快点摆设好，外公没走远，在我们头上飘着、等着呢！"我一阵哭，收不住："孩子，妈妈还不知道该怎么弄呢！"儿媳铿锵的语句传过来："别犹豫了，我们家最宽敞，就摆在大客厅里，多方便呀！"我哽噎，"孩子，妈妈永远记着你的好！"

一众亲友直赴我家。安排妥贴后，场面隆重；香雾缭绕，木鱼声声，诵经悠悠，亲友络绎，彻夜守候直到东方发白……我心甚安！

真的，儿媳因为我们乔迁后，与娘家相距不远了，她怀孕后两边走走，方便许多，并且妈妈已经妥贴地安居在养老院了。我的调养环境较之 7 年前，也显然好多了。我不知愁苦，没心没肺地还小小窃喜了一下子……

三

银行卡、病历本、化验单、排号卡、保温杯、靠垫、纸巾……大包小包的，爱人领着我开始又一次搏斗去了！

药名一长串：紫杉醇、欧塞、表柔比星，环磷酰胺，氯化钠，肝素钠，……好听的外文名称，活熬人的 A、B、C、D！也是一个疗程，周期 21 天；4 个疗程——胆战心惊 84 天——剥皮割肉的 84 天！

第一次点滴进入以后，除了预料中的煎熬，我的头发开始丝丝缕缕地往下掉，两三天功夫，剩下的已经遮不住头皮了。孩子们劝我："妈妈，没啥舍不得，重新再长的头发一定更好！"儿子举着剃头推子过来了，实实在在给我来了个"寸草不留"，一扫光！原来的"楷莱""诺维苯"们是没有这个强烈反应的，我曾庆幸我的头发无恙！谁知——噢噢，没法见人啰；噢噢，不敢照镜子啰；噢噢，难看、难堪，无地自容啰！电视台正播放熊大熊二呢，调皮大孙子张口："呵呵，我家也有光头强了！"

只要有救、只要活着，啥都得挺着！

可是，由着自己了吗？捱到老，学到老，前面多少个未知等着我呢！这拨药物打进体内后，要求第二、第五、第八天，都得化验五项血常规。临近下个疗程前，一天也要再验一次，作为开下阶段用药的依据！这包含些什么概念呀？又会有什么感觉？指尖上轮番取血，都扎出厚茧子了。挺着！等待 20 分钟看报告，心跳更加速——因为，只要白血球低于 3.0，就一定被要求打"升白针"；因为白血球过低，人命关天，如果等待体内自然升上去，化疗日期就耽误了。谁敢怠慢？……挺着！又是一句问："进口的？国产的？"一种小小的瓶里，些微药粉，那么高的价格，还得排着长长的队伍，高挽衣袖争先恐后……，挺着！

都说要相信科学。这样的科学是在我的肉体内，是你来我往地抗衡着、搏斗着的，吃得消你吃着，吃不消也吃着……挺着！还有，这拨药品组合因为伤肝脏的，还要求另外服用一种补肝的胶囊，价格又那么昂贵，敢拒服吗？那边说了："不服？肝出毛病，医院不能负

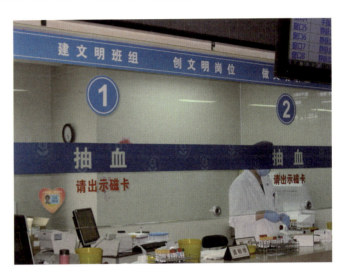

责。"……挺着！时不时有新措施，医院要求："做核磁共振，看看瘤体情况；顺便把胸部增强 CT，一起做了"！新式机器的检查台上，有品字型的三个洞，正对着一张脸和一对宝贝。我趴上去后还闲一个呢！裸趴着的我，伸出的胳膊被牢牢绑住。健康的人撤走，机器开始转动，切射着我的肉身，咚——咚——咚——咚，震耳欲聋地冲击着耳膜，震撼着心灵！居然还人性地准备了音乐耳机给戴上！中间停机片刻，护士进来往胳膊上注射显影剂，再震耳欲聋十五分钟后，才七窍收回。苦命的我啊真是没法活……挺—挺，挺着啊！

真快挺不住了啊！医院无数次的跑，能抬起头时——乘公交车；抬不起头呐——坐出租车。经过申请，肿瘤医院同意我在社区医院化验血常规，而且化验单有效。我就趴在当家的后背，助动车慢慢地驮着我过去 - 过去……．常常是"虞绮莲，再过来抽一次血！"接着医院检验室一声紧张的喊叫——化验员慌了"哟，什么情况"？"白血球太低了，仪器显示 0.7"！我一丝游气："我正化疗着呢，这就去打升白针"……常常是儿子儿媳和当家的全体到岗，扶着我的，找地方的，去交款的，咨询大夫的，一通忙碌！

随着银行卡上的余额悄无声息地变小、再变小；随着登记卡上的注射记载一行行填满；随着大的、小的、五颜六色的化验单叠加再叠加；随着我一番番失重

般的晕眩，满身无处不在的绞割，无盼无望着的垂死挣扎，终于，四轮化疗熬到了头！

四

一声电话通知："有床位了，过来办入院吧！"儿子开着车，载着咱老两口，载着锅碗瓢盆衣物；载着满腹的惴惴不安，载着飘渺无尽的明天、后天和无数的担忧，奔去，奔去……

住院大楼是崭新的。每一层，走廊宽宽的，护士站台宽大洁净；病房里衣柜、窗帘、床铺也是崭新的。只有我等是破旧不堪的。三人一间病房，床与床之间有活动的垂帘收放随意，人性化是够到位了，就是栖息着的人是不幸的。

按部就班，术前的准备工作有条不紊地进行着。我是"老战士"了，上下、仰伏、移动、呼吸……艰难地主动配合，与医生着手治疗的工作节奏合拍，悲也！痛也……一切如七年前，医生一样，护士一样，病情一样，手术一样，痛苦一样，一个都没能少！

2013年5月13日，手术日到了。一大早，我当家的、我妹妹、我弟弟，我儿子我女儿，都过来了，送我一程再一程。我得提前，饿着、渴着，空空的等着，等着全副武装的专职人员推着手术室的专用车来病房接我！车来了，我上去，被推走。手术室里一派疲惫，因为我排在第五档，护士们已经木然了。我不能让她们木然啊，我的命没法木然着弄啊！我强打精神，跟天使们打着招呼，说着我的"二进宫"，笑着我的女儿身，夸着医院的新设备，等着百忙的吴炅医生……噢！他来了，和蔼地稳稳地举着刀，又接着铲我残存的曲线了。我说："你来了，我安心了。"他笑笑，"其实哪位大夫都一样的"！"您可别谦虚，那能一样嘛"！我看着手术室里一下子忙碌了起来，又是刹那间的无知无觉、无痛无苦、魂灵出窍，由着他们摆弄我的命去了。

又是五个小时的煎熬，亲人们饿着、站着，急着盼着我的归来！等候室有预告，但电梯运行没直播，他们来回奔忙着，想早一分钟见到我。终于，上半身捆成了粽子般的我，进气出气游丝般的我，挂着吊瓶和插着氧气管、绑带下伸出两根导管牵着的血葫芦的我，破头齿烂、狼狈不堪的我，又回来了！

全身的麻木包裹着我。术后五小时绝对平躺，拒绝进食，难受，难受，还是难受！可是吊瓶里的水分一直潺潺地在注进我身体呀，它们也得有出处啊！我拒绝用便盆，不会，不想，不能，不行……实在实在胀得受不了了，我咬咬牙，让当家的抬我起来，挪到床边，常规着解决了。疼啊，痛啊，呲牙咧嘴的一次次弄着……！我当家的，大男人一个，看着我这般苦楚，愁得搓手跺脚没办法，素日里的矜持和稳当的劲儿都不顾了，一会儿一趟趟地找医生问护士：这怎么办？那怎么办？真难为了他！不明缘由的我还莫名地发了高烧，护士发给我两个冰袋，让家人塞掖在我腋窝下物理退烧，整整一昼夜，我是一分一秒的数着过的。护士轻声："噢，术后发烧正常，慢慢就好了！"有招儿吗？有，挺着！

五

一天、二天、三天……，人慢慢地能坐起、能站立、能走动了，家人们一天不歇地把饭菜、瓜果预备在我的枕边、床下；我床前时常聚了一堆人，陪着唠着为我解闷，给我宽心。儿子带着蝈蝈肚的儿媳，领着大孙子，置办了我喜欢的吃食，陪我一起在病房里吃了一顿团圆饭……嗨！这日子若就这么过着，该多懊糟啊！

人有点精神了，跟病友们也慢慢熟识起来，那真是病魔爪下无老少啊！这是乳腺患者专用病区，那么多病患，上至七老八十，小则二十岁左右。我见岁数稍大的，还心平气和些；那小小年纪、那花样年华，有待嫁的，有新婚的，还有孩子刚刚几个月大，噢！她们今后的几十年怎么熬、怎么过？有一位高个女孩子，样貌出众，穿着时尚，昂首挺胸地进进出出着，我一直以为她是来探望的家属。直到有一天听见她跟大夫商量怎么做下一步的乳房再造，噢！竟然也是病患。我好奇，与她攀谈起来，"处了三个月的男朋友，在确认我病情后，悄然远走了；我正蒸蒸日上的演艺事业戛然而止；所有的人生规划，一切得从头打算，没啥难受的，该活得活着"！铿锵的话语，这何尝不是她向厄运抗争的呐喊！我打心底里佩服，对她说了好多鼓励的话，提醒了不少该注意的事。她，外地口音，身边一定少有亲人……还有邻床的一位年轻人，是毗邻城市的税务干部，小巧玲珑，软语莺声的，也遭着同样的罪，小爱人疯了似地找大夫，找熟人、偏方，一天八顿地劝说她吃点儿，再吃点儿；发狠似的放话："只要能治病，多少钱都行"！对他们，我惺惺相惜，热心地解释，讲述我的前车之鉴，指点切实可行之路……

病房大走廊里，都配置彩电、书报架；磁板上粘着五颜六色的信纸，写满着星（心）语星（心）愿、治疗心得和交流的意见。每周还有讲座，为病患们指点迷津、增强信心。更有展示柜里琳琅满目的义乳，明码标价，欢迎选购。人们就在这既紧张又宽松的、阴阳交界的边缘，小心翼翼地度着捱着。走廊里，步履蹒跚的人们歪肩躬身地被扶着、搀着，条纹病号服的下面都垂吊着大大小小的引流瓶，互相询问着今天血水几克啦，哪天能出院啊，都能吃什么呀……

日复一日，随着逐渐康复，人也开始精神起来，我又瞎琢磨：下一轮化疗还做吗？就这么的行不行啊？我还忐忑不安。

吴炅照例查房，我试探："大夫，我术前化疗也做了，手术也完事了，如前那样直接放疗呗，我挺不住啊！"他笑笑，"你的治疗方案已经定了，术后四次一定要做，没商量"！询问过我的各种情况后，又告诉护士，让我明天绑带不卸，"戴着出院吧，抓紧化疗"！医嘱就是圣旨，小天使们忙不迭地为我出院备齐一切资料，明天拔管，背包回家！因为，因为外面急等床位、急等入院做手术的病患，排着长队翘首以盼呢。

六

预约——预约——预约，几次三番，又是要预约好才开始化疗。

一个预知的巨大的难题迫在眉睫，需要自己决定：因为前一次手术切除了右侧乳房，连带着右手臂的淋巴组织都抽拉掉了，所以几年里化验抽血和术前点滴都是左手臂承担。这回是左侧闹事儿，手术切除了左侧乳房连同手臂的淋巴组织，血管受损，同样不能抽血，不能点滴……天啊！我往哪儿扎针呀？我问谁去呀？呀—呀！

先"上天入地"，找到吴炅。他说，一是从脚上血管往里打，有点危险；二是安装英文名称为 paote 的"静脉港"，安全，就是 7000 元要自费，打完拆掉就行！后来咨询开药大夫"有什么折中的办法"，她说："就 4 个疗程 4 针，脚上对付打吧。装静脉港，费用太大了！"俺当然愿意听信后者。去接受治疗也熟门熟路了，喊到我号码名字时，就把一只脚高高抬举到注射台面上，我韧带柔软、动作利落，可把护士吓一跳："干什么？"我有理，"我两只胳膊都没法点滴了，楼上大夫说'打脚上就行'！"护士瞪眼睛："没经历过，不会！"我还有理，"那你说我怎么办？！要能喝了也治病，我就不费这事、不担这个心了！"护士长过来一看，"要打也得躺着打，到特需室去吧，只能这样"！我没辙了，两口子拖着、拽着，挪动到了特需注射区。"每张床位 200 元，先交款排队，人多床少，等着！"我情况非常，想先向护士打声招呼，请多多关照。小护士那一脸不屑的样子让我寒心，多一句话都懒得对她说！忍忍着，等着，等待我的那不知是什么滋味的一针扎下去！

终于轮到我躺下来了。爱人周到，把活动病床调整到我舒服的角度，一起等着，等着。小车无声地推到我床前，护士说"脚背很少有人打，有点疼，忍着点。打哪只脚"？能哪只啊！因为年轻时在黑龙江兵团，开春时下水田平整土地、搞小苗带土移栽。因为要与天斗与地斗，要抢时间，我们踩着冰碴在泥浆里劳作，种出了北大荒的水稻来！那时没有任何保护措施、不谙世事、不懂科学、年轻气盛的我乐呵呵光着腿，膝盖以下都跋涉在零度以下的冰凉里，就这么落下了静脉曲张的毛病。左腿更严重——早在齐齐哈尔工作时因为疼痛，一咬牙做了静脉手术。那是从大腿根结扎了一根失去弹性的血管，把一路的管都结扎封死，每隔二公分就用线穿过，在皮外打个死结，全麻醉时不疼！药劲儿过后，就一个字——"疼"！几天后拆线，没有麻药，"更疼"！从上到下一共76个结，拆线时152个小眼渗着小血珠，酸疼，"惨不忍睹"！还好，除了头几年夏天不敢穿裙子，无大碍了！

眼下就没选择，只能在右脚上扎了！护士特意挑了一个最小号的针头，紧张着左一下右一下的，终于捅咕进去了。我松口气：7000元是不用花出去了！当家的跑前跑后看护着，给我喝水、吃苹果、聊家常，都想着能平平安安度过这四个疗程！

出事了！挨到要换第四种红色药水，因为那是稍带粘性的液体，所以医院采取用之前的药给病患注入，先让血管通畅，然后再让这红色药水进去，最后的药如前一样，正好把粘性液体从血管壁上冲刷干净，结束！我的血管偏细，原来在单位要献血，大夫都拒绝我。这回不拒绝了，但是药水进去后流不动，观察孔那里慢慢的干脆不滴了。当家的眼尖，最先发觉，跳起身赶快去喊护士。我顺着一瞧，脚背进药处在蔓延惊恐的红色！护士跑着过来，一下子关闭了输液管，呼呼地又跑过来好几个白大褂。紧张得我都不敢喘气，怎么办？听闻过这种药跑到血管外的话，淌到哪里哪里烂，没法治！！噢—噢，我绝望！老护士有经验，她把我脚高高抬起，头低低放下，辅助着血液药水的流动，慢慢分散吸收（早干嘛去了？）。等着等着，粉红色又慢慢地流动起来了，可那一片殷红咋办呢？还是有经验的说话："回家就去药店买珍珠粉，用凉开水调成糊状抹在粉红处，脚高高的翘着，也许会好点的！"也许——也许没效果呢？急煞人啦！没法等，一会儿药劲儿发作更没办法弄了！两个无可奈何的人啊，急匆匆出了医院，赶紧奔家吧！天公更不作美，少见的大雨不停地下着，院门口挤满了等出租车的人们！医院对门有药店，一问没这粉。赶快去地铁站吧！下了地铁，也一样的等不到车，而且公交车站又相隔比较远，可怜老两口冒着大雨一步三回头，瞄着公交车、盯着出租车，没有，没来，没指望！我都急哭了，时不时地抽空还把粉红脚提一提，提一提……当家的脸都急绿了。终于，终于挤上了743路公交车，捱到家里，爱人顾不得换掉湿透的衣服，就骑车奔药店！还好，还好买着了。噢—噢—，行不行的，我们拼命了，我们尽力了；成不成的，看上天眷顾吧！

七

21天的周期，一天天地苦捱着。头晕着，人倒着，脚垫着，粉敷着，每天艰难抬头，无数遍地看那红片消退没有，小点、有异样没有……好不容易能起身了，又得奔医院，验血、换绑带。那两个引流管拔掉后，小洞洞不封口，汩汩的渗着血水，怕感染，怕出岔，怕……！所以爬着也得去啊！好不容易小洞洞封口了，勒人的绑带也拆除了。细心的实习大夫发现，伤口周围似有脓水在皮肉之间涌动着呢。真心诚意谢谢他，见他小刀一切，一股热流滚滚而出，顺着腋下流着，将裤腰都浸湿了，吓出我一头冷汗。还得往刀口里塞着药布条，我牙关咬紧，挺着挺着。循环如是。很多次后，才放心地告诉我"可以了，下次换药就近去换吧"！

日子似慢又快，又临到下一个疗程了。我迷茫，往哪儿扎针呢？脚背？不敢了！别处？没有了！只能，只能paote了！听说，安装这"静脉港"后即可输液，之前这时间节点也实在紧凑了，几乎天天远程跑这医院，令人喘不过气，太难受了，太疲惫了！老爱人心力憔悴，强挺着呢！我想只能一起进行了。我还暗寻思：不知道"静脉港"行不行，安上就用，省得不通畅，便于及时矫正……就这样吧！

又一次，又一次爬上了手术台。满脸陌生的几个身强力壮的小伙子，一身白色逼近过来，一句话没有，就下手操刀了！哦，我恐怖地联想到了"731"……

因为整个前胸壁瘦骨嶙峋，无处安装啤酒瓶盖模样的钢制paote。他们揿来揿去，在右肩胛骨下觉得皮和骨之间还有一层薄薄的肉！于是将手术被单抖开，蒙住了全身——这只能局部麻醉！

我清晰地听着他们说着唠着，听着刺耳的盘子、钳子、镊子、针管、刀片起落撞击的声响。颤抖中感觉到那冰凉的刀在切入；听得到撕开"静脉港"包装的窸窣声，甚至——甚至感觉到paote放进肉间的那一撕扯。我静静地呆躺着，眼泪止不住地滴落着。"静脉港"的侧面是延伸出的两根软管，用于上下两头插入我血管，结扎住后使得它们与我血脉相连。

约半小时吧，听到穿白褂的小伙子们一声招呼，我被搀扶着下了台。疼！再弓腰屈背地走出了小手术室，被搀扶着上楼，去那置换室门口，等候着专门清洗以及往静脉港的橡皮面上安置针头！好不容易排到，进去料理妥当，再下楼奔化疗室忐忑地等着，看能否安然使用 paote 这个小盖盖……噢！我任人宰割的躯体，我无可奈何的一线活路啊！

特需室没空床，我也不敢无望的等待，我急切地要知道结果。别躺着了，坐着吧！

术后第二阶段的药，终于顺顺当当地流进了我的身体。阿门！从一大早就折腾着的我，瘫软在沙发椅上，看着肩胛骨下隆起的纱布胶带，看着它中央长出的那根小细管，看着那一袋又一袋的药争先恐后地朝它奔进去，顺畅地奔进去。7000 元？——值了！

儿子、儿媳都在飞呢！不敢请假也不能请假，妈妈的医疗费用追催着这两个小辈不停地飞——飞——飞！女儿在自己的公司，放下一切，说今天妈妈要下港呢，过来陪着我，给我壮胆儿。所有药水都灌进体内后，车接、车送着，一路回到我的家。

我的上半身木然，不敢动也不能动，像个牵线木偶，只借助旁人才能动弹。女儿千叮咛万嘱咐的，回去了。天也黑尽了，我太累，支持不住也沉沉欲睡。爱人把我放倒在床，后脑勺下垫上枕头；左胸新的刀口一点也碰不得，撑不得，左胳膊下也得垫个枕头拥着；右胸上面刚刚下了 paote，缝了好几针，嫩嫩的也碰不得、撑不得，右胳膊下还得垫个枕头拥着……1 米 5 宽的床，我占了 1 米 2。当家的把水杯、糕点、抽纸，都安顿在我手边，还找出一个陈年的小铜铃铛，留个绳头系在我枕边，一直守到深夜，守到我睡去，才自己捋着绳、栓着铃，去客房歇了。

八

随后的十多天里，浑身的疼痛和药物反应，一起陪着我时时刻刻、分分秒秒地捱着—捱着！白天有人进出走动，有电视有声音，时间好过些；晚上那悄无声息、漫长无边的夜可真难熬啊！三个枕头中间，躺着僵直的我，不敢咳嗽、不敢动弹、不敢起夜……

经常好不容易捱到天蒙蒙亮，房门被轻轻地推开，当家的蹑手蹑脚进来，想看看我的状态。我轻轻一声"还活着呢"！他接嘴，"哟，咋还活着呢"！两人一起苦涩地笑了……有时候，我已醒着，不想出声，他过来趴着端详一会儿，"哟，没啥事儿！这不，还能喘气呢！"再难受，听着也会止不住地笑出声来。真的，真的太难为我了，太难为他了！

哎哟，怎么就那么多的不堪，会一样样的显现哦！由于药物副作用在作祟，慢慢的，我开始便秘了。大热天，几次轮番的蹲坐，就是死死摒住，排不出来！到了晚上作怪得更厉害。重要的原因，是我完全没有力气挤压，加上非正常的特别干燥状态。我痛苦的抓心挠肝地蹲、撅、趴着，屈着、喊着、叫着，当家的十八般武艺也都使尽了。哎哟哟，大刀口小刀口可都是不能这么摒气鼓弄的啊，疼得没法活！一次次，浑身上下衣服像从盆里刚刚捞出来，直滴嗒汗水；一遍遍的，腹部肿胀如鼓，浑身瘫软如泥，被搀回房、又被扶出房的折腾……撕心裂肺地扎搏杀了十来天。终于，一次拼了命的、几近昏厥的破茧裂变顿开后，缓缓地通畅着恢复过来了！"噢，爸爸妈妈快来救救我啊，这也太难为你们宝贝女儿的小命了吧"！

慢慢的，小刀口、大刀口不那么针扎似的疼了。按规定，那肩胛下的"静脉港"每五天要去清洗一次，怕感染、怕异位、怕破损，折腾着来来回回，无数遍地往医院跑……慢慢的，枕头一个一个撤去，小洞洞痒痒着在弥合，大刀口也露出一寸一寸愈合的肉粉色。那块钢盖儿放在体内，无意碰着，也渐渐地不那么疼了。慢慢的可以侧躺一会儿了，可以不垫枕头了，但是强烈的异物感，让我的心理抵触一天甚于一天！什么呀？什么呀？真的长在我的身体里，再生出根来怎么办哪？

盼着、熬着，第三次、第四次的化疗结束，我终于又挺过来了！

稍有精神了，赶紧去摘除这戳心戳肺的 7000 元的东西！我老老实实地又爬上手术台。还是那几位小伙子，依然蒙上我的全身，依旧局部麻醉，依旧听着起起落落的器具声。清清楚楚地感觉小刀切开，感觉皮肉扒开，感觉小钢盖儿摘出的剥离，感觉连接血管的两根细细的抽拉，感觉清创、缝合，感觉严密的包扎。听见一声"好了"！我还是被托扶起来。第一个念头：让我看看！我看见腰型盘里那个"7000"，看见生着两根长须子的小钢盖儿，看见上面有我的肉丝有我的鲜血……！手术台上方有摄像头，有影像显示，白大褂说："你看看吧，已经拿利索了。"屏幕显示胸部清清爽爽，线条分明。哦，我松了口大气。

又是医嘱：三天来消毒清洗，五天来拆线！不能洗澡，垫十天枕头……连那肿瘤医院门口卖鲜榨果汁的新疆小伙子都认识我了，连医院附近所有的饭店、料理、面包房、早点铺，也都去过无数遍了！

什么是治疗疾病的代价？这得算一大部分！

九

你说，你说说，我这一天天看着空荡荡的前胸，看着光秃秃的脑袋，上不上火？！合唱团的好朋友拎大包小包来探望，可我这一副惨样，上不上火？！居委会干部们一直高看我这性格的开朗豁达，善良的阿姨一定上门慰问，而我只能趴在桌上，呜噜不出几句话，上不上火？！儿媳妇蝈蝈儿肚一天大过一天，我却无能无力不能照顾一二，我上不上火？！妈妈栖身老年公寓，每天都问我妹妹："你姐姐怎么不管我了？这么长时间都不来看我"。上不上火？……

妈妈呀，女儿我也一直惦记着你！因为我的不济，住着偌大的房子却不能让你舒服安身，颐养天年；因为我的光头、我的黑指甲、我的破败不堪，不能让你看见，还不停地跑医院，女儿真是自顾不暇；因为儿媳即将临产，我什么都没力气准备，里里外外焦头烂额……妈妈请放心，别忧心，我会抓紧，会抓紧的啊！

我的"二宝"孙子降临了！夜半时分，小两口悄悄地开车出去了，没惊动我们，我们全然不知。第二天凌晨，儿子电话里告诉我们：宝宝生好了，又一个大胖孙子，8斤3两，肉嘟嘟的！真的，儿子媳妇懂事，想着尽量自己事自己办！儿子媳妇刚强，不哼不哈，前车后辙的，明明白白，胸有成竹！儿子媳妇糊涂，也不看看生育是什么事？拖着软软的身子，老两口看孙子去啰！这才知道夜半开车去医院的途中，宝宝就挣扎着要出来，到了医院门口放上担架车，宝宝小脑袋都露出来了，车里满座椅的产液殷红，触目惊心……

数天后，娘俩出院了。外婆轻车熟路，背包摞伞，还是到我家驻扎，伺候女儿，看护宝宝。进得门来，乐乐呵呵一大家！只有我惭愧着，只能看着不能帮着，还不如之前有大孙子那一段时间，那时我的左手还能抱一抱过瘾。眼下这两只胳膊都不能吃重，不敢用力，我这奶奶当得有多糟心！

十

没几天安宁，那放疗的一大关还在等着我呢！哦，又去医院。

依照吴灵的介绍、指点，我去挂号"放疗科"，也是三个字：不容易！见到的那女医生，真是傲气十足，不容你说什么，三下五除二："排队去，交完款先定位，再画线！"跑上跑下，忙碌了半天多才尘埃落定，规定每天晚八点进机房，我努力申辩：家远，太晚没车的。管登记的小护士头也不抬："都这样！白天排满了，还有排到半夜的呢。"有什么办法？不就是 25 次嘛，挺着！

没办法，天天下午动身，夜半回来！那放疗大厅还在地下室，各家医院的病人都在这里做放疗。说是设备先进，所以，特别的忙碌，24 小时歇人不歇机。赶上设备也抱恙"罢工"，人都积压成堆。顺延着排去吧！熬来熬去，就等着在架子上"拗造型"，身上的红色几何线吻合着那射线的两分钟！我的这一拨放疗，让自由呼吸了，但是绝对不能动，"射线瞄歪了，后果自负！"几何线会淡化哎，隔几天还得要白天找医生去描线。想省事就这样应付。"看不清线不给放，错了后果自负"！可不几天又被通知：去大夫那儿开进口的防电灼药膏，200 元一支，每天往几何图案上抹三遍。"不弄？！灼伤破皮、感染的话，后果自负！"我这命啊！老老实实地一样一样落实着，不怕自负了，怕后果！

真的，等待中又看见好多病人的各样状态，实在让人揪心！15 岁的男孩子，睾丸肿瘤，治进去半个家族企业，还未卜吉凶呢！16 岁花一样的年华，瓷娃娃般的娇媚，肺部肿瘤，蹉跎着一步步捱着！真的，看看他、她，我这一半老太太，没啥怨的了。不冤了，不怨了，咱好好的积极配合治疗，活着才最大！

化疗的反应越来越微弱了，告诉自己把精神打点起来。天天跑着医院——秃？不怕！几顶遮羞帽子换着戴。衣服裤子配着颜色、搭着款式穿。当家的揶揄："你这天天整得跟唱戏似的，大夫怎么看你？"呵呵——呵呵，我才不管呢！反正那里不少病人都认识我了，相互打听以为我是文艺圈的人呢！呵呵呵呵，我喜欢——喜欢给人清爽利索、傲气凛然的印象。前胸的惨状，只有大夫才能看得见，那大夫都司空见惯，阅人无数，波澜不惊了，只是机械地发指令、木然地摆弄人。我就这样，我怕啥？

十一

我坚强，我仗义。放疗刚刚结束，就安排当家的："回东北歇歇去，喝酒去，打麻将去，放大假去！"可让他喘口气吧。这一整年里，天天守着病老婆，担着一大家，本来就是一张成熟的脸，让我蹉跎得苍老了许多，我不忍，我心痛，他父母早已远行，我得管他！他不忍心，不放心，不安心。非得这时候让他回去一趟！我指挥着整理好行装，孩子们把机票放到他手里。虽然我们几乎每二三年就能回去看看兄弟，祭祭公婆，可这次不一样，他累坏了……我不催他，让他放松地享受着他故乡的一切难忘，一切味道。

全家老少庆贺我父亲生日，这是宴席上我父母的合影

我纳闷，我生气！这一轮战役硝烟散去，查明我的这番受体为阳性，是原位性的。根据年龄，根据各项指标，应该服一种名为"来曲唑－弗隆"的进口西药，每月配一次，每天吃一粒。明明是确凿的病，该吃的药，明明是医生的处方，嗨，每次要提前半个月抢那挂号资格。95169——95169，在计算好的日子，夜半三更开始拨打这个热线。要把身份证号码念得滚瓜烂熟，把医保卡号码报得清清楚楚，把医院医生科室说得明明白白。11点55分拨号，对方告诉你：12点才开始定两周后的额；12点拨通了，千军万马抢跑道，语音告诉你等着；好容易话务员接听了，冷漠地告诉你已经约完了，没份额了！老两口常常两个手机、一个座机，一起忙活，折腾个把小时，常常白忙活。睡意全无，怨气顶满脑门子！志忑着盼到了配药那天，堆着笑脸求护士、求大夫给加个号，不然药就断溜了……这才拜来下个月的小小的一盒药！

什么事儿啊？有这么摧残人的吗？！有这么考验人的吗？！拜着、求着、数着、算着、服着、养着，谁不经历谁不得知啊！

又一次千辛万苦，进得诊室见得大夫了。我疑惑着说，手术位置附近有一个小节疙瘩，让大夫摸摸。她一脸紧张："快交款做活检去！"我刹那间心神真空了，机械地跑这里奔那边，坐下来战战兢兢地让护士抽取那小疙瘩里的些许物质。疙瘩很硬，扎得很疼，完事儿坐等检验结果……有人在叫我名字，说"还得抽一次，验证一下"。嗯？！肯定是……了，噙着泪、咬着牙、忍着痛又扎一回，坐等！木然、颓然、愤然、茫然……

"虞绮莲，排除了。给大夫看看检验单去吧"！哦！哦—哦！无妄之灾、无为之治，跌宕起伏，煎炸烹炒着我的心哪！大夫轻飘飘："噢——，大概是内层缝合的小羊线疙瘩，慢慢就会长开了，成肉了。"

什么事儿啊，有这么折磨人的吗？有这么活熬人的吗？！做生意是店大欺客，客大欺店。当大夫是嘴大遮天，手大盖地。我，咋整？！

听闻这个"弗隆"，一吃就是五年打底；还有说法：活到哪段，吃到哪段！

咱不计较每个月那 500 元的自负药费，单说这提前预约的环节，就活活要了我的盒儿钱，真愁煞人了耶！

十二

慢慢的，我慢慢的在复苏。放疗结束后半月余，左胸壁被电灼成的绛紫皮肤一点点泛出本色，左胳膊一点点能回弯、能抬起。我不敢用力强弩它，因为我亲眼看见有的病友因为无知，因为大意，因为家务，把那患肢抻着了、累着了，忘了手臂回血功能的不正常，活活肿成了小腿一样粗壮，渗水溃烂，而且永远恢复不了，握不成拳，穿不进正常的衣袖，痛苦不堪！我的急性子克制着——改！我的挑剔劲儿克制着——改！为了活到老，就要克制到老！

呵呵，上次是右边闹事儿，半壁江山没了！这次是左边复仇，全军覆没——一马平川了！当家的说得俏："有什么呀？咱本来就是女汉子！"当家的跑得快，熟门熟路去趟"古今"专卖店，把义乳给我配齐了！儿媳贴心，给我加配了二付固定一体的胸罩，替换着方便……真是，早知今日何必当初，如果可能，一台手术都弄利索了，免得活受这二茬罪！

呵呵，我又整整齐齐的能见人了！

第一个最急切的举动，就是向合唱团消假。之前郑重其事地跟团长有约：不要上门探望安慰，不要让我的丑陋不堪暴露人前，只要我能爬得起回得来，团里一定给我留着位置！我一声问："我还有资格回歌队吗？！"团长连声叠语地说："太有啦，太行啦！非常揪心，非常想念，既担心又顾虑哦！正好元旦后举办 2014 年的团队联欢会，你回来吧！"

我，颤巍巍又站到了歌友们面前！

我要说："朋友们，我买到返程票了，我回来了！我没出息，在我浑身插满管子、吊针、氧气面罩的时候，想的还是我还能唱歌吗？！我没出息，在我受尽折磨奄奄一息时，想的还是我还能回合唱团吗？！"

我要说："朋友们，我爱生命我爱唱歌，如果我这一趟的经历能警醒大家重视自身健康，加倍呵护身体，这一遭的罪我就没白受！如果健康与亚健康的人群存在百分比的话，我愿意把我的份额放在歌队，我愿意我的歌友们都健健康康、顺顺当当、快快乐乐，直到永远！"

我要唱："昨日的硝烟已经散去，漫天一片灿烂霞光；昨夜的呐喊已经走远，大地一片鸟语花香……心依然滚烫，爱依然宽广，在和平的年代里，创造荣光。"

我说了！我唱了！虽然气短，可是节拍一定没错；虽然脚软，可是我又挺立在那里了！

唱歌好！我的闺蜜我的挚爱！合唱团真好！我的依赖我的寄望！

能活着，真好！能唱歌，真好！

还想说一说，记一记，给自己，给以后：我坚定地相信，健康向上的心态，积极乐观的精神，会在相当程度上击退病魔！辅助以必要的相应调理，一定能给于我一个相应的生命长度；一定能容我把该办的事、该说的话都做到技穷，无遗憾！

与狼共舞——我惧它，它也怕我！

关于每月的配药——因为肿瘤医院的技术骨干都有计划的充实到其他三甲医院，我挑选了浦东仁济医院作驿站，按原来的行程再多乘几站地铁，出口就看见医院大门了！每次早起赶去，一定见到大夫，一定配得成"弗隆"，有病历有医嘱，衔接顺畅！临出医院，可以在自助机上预约好下一次的就诊配药，定期体检项目齐全，设备不差，效果一样……我心甚安！

关于每天的调养——以歇为主，以素为主，以乐为上，以逸为上。天天清晨，新鲜果泥一大杯；天天开怀，爱人风趣谐嗑一套套；天天乐呵呵，大小两孙子的活报剧，生动有趣；天天有盼，唱点歌、写点字，样样都不误；天天有盼，微信不断，想法不断，畅言不断，爱不释手；天天有味，想啥有啥，吃啥做啥，缺啥买啥。

关于将来的打算——我几十年里经历了那么多的苦难，强力劳作，先进工作，艰苦创业，呕心沥血。屈指一数，身体上大大小小的麻醉手术，我蹚过六次！静脉曲张结扎，右侧甲状腺摘除，安装和拆除那个该死的"静脉港"，左右

与孙子合影

开弓活活切除的那一对大宝贝……哦，我身上留下了难以言说的破败和狼籍。阿门！我自身已经没有能力也没有胆量再经历那样的刀光剑影了，血管也不能点滴了，大小毛病只能服药、肌肉注射了，没有通畅的血路了！将来的打算：静静地养着，悄悄地蹚着，恶魔再来时我柔柔地伴着，也许它不那么凶恶，也许它能与我共处，只要它不肆虐，

荣誉证书——"十佳婆婆"

我就不伤它；一旦它拒不受教、疯狂发作，那就跟我一起结束生命的行走，从容离开这美好的一切！我再不受那般苦痛了，我也就彻底解脱了，只不过又是无知无觉、无恐无惧、无声无息，不知回头地飘向另一世界去了，罢了！罢了！呵呵！

关于自己的处世——依然严谨，依然不羁，依然识人而交，依然看淡荣辱，依然看淡得失，依然看淡他人过错！身边的亲人都很好，身边的挚友都不错，还能怎样？！呵呵，还就这样！呵呵。

关于自己的最后——我想请求逍遥自在地撒到江河湖海——爱人会知道我在那里，夜夜梦里会看到我；孩子们会知道我在那里，天天航班上会看到我；认识的人们会知道我在那里，聚会相约都会想到我，足矣！

我不着急，我还有时间在阳光下走，在人世间走！爱人需要我，孩子需要我，家庭需要我；想着朋友们也一定需要我。我不怕，我努力！

加油，生活！加油，生命！

第四辑　感恩生活

感恩春秋航空

——有你有我

[写作于 2015 年 7 月 18 日 "春航" 十周年庆]

我常常会想：自己是幸运的，尽管少小离家，远奔他乡，但是我找到了可以托付终身的知心爱人；尽管我屡患重疾，苦苦挣扎，但是全家人倾力以赴，在精心呵护，将我拽回阳光下；尽管我适逢生育计划，只孕育了一个孩子，但是，他自小乖巧聪慧、健康阳光，别样孝敬，我心甚安！

我常常会想：若没有现在举国上下照顾特别年代里的特殊群体——"知青"，允许他们的子女从天南地北回沪上学、永久落户，子女们的前途和人生不一定会是什么样！若没有我的故乡——上海那海纳百川、秩序安定、实行公平竞争的环境，我的孩子在他乡长大，不谙沪上水土，人生和境遇也还不一定是什么样！

我感恩：孩子就读高中时，适逢上航招收空中乘务，公平、公开、公正，严谨、严格，我们才从容镇定通过那一关又一关。孩子如愿以偿，取得了资格，进入了梦寐以求的航空团队。

我感恩：孩子踏实勤恳，兢兢业业地积累了一定的工作经验。接着又有机会得到了民营航空公司的翘楚——春秋航空的召唤，怀揣着他满腔的蓝天梦想，全心投身到春秋航空初建阶段那一系列忙碌而详实

春秋航空旅游公司

儿子与同事们一起欢庆"春航十年"的到来

的追梦征途中，一步一个脚印，一年一个进步。

我感恩：正是春秋航空十年来的高速发展和壮大，步伐坚实；正是春秋航空不同于常规的企业节俭理念、企业服务精神，让我的孩子耳濡目染、同步成长，日趋成熟，不断完善职业理想，努力实现职业价值，有责任、有担当、有奉献，有了人生的高度，追求着更完美的人生精彩。

我感恩：因为有春秋航空这个优秀团队，我的孩子得以安身立命，得以努力工作，得以稳定收入，得以供养着我百无一用的重疾母亲，能够在先期的自费治疗、调养，在后续的常年治疗调理，在各个生命节点上心安神宁；在我所耳听眼见的范围里，能够听到"春秋"二字就激动，能够看到春航标志就满足——是春秋航空给了我生活安逸，给了我生命安逸。

常常听人说，"母以子贵"，是的！这一点上我不再矜持：儿子一直一直是我们夫妇俩的骄傲！是的，这一点上我不能低调：我的儿子工作在春秋航空，我骄傲！！春秋航空团队里有我的儿子，我自豪！！

感恩春秋航空，您承载了一个普通家庭太多的寄望；

感恩中有你有我，祝愿春秋航空永远昂首蓝天，更高飞翔！

和空姐在一起生活的日子

[写于 2008 年 5 月]

　　好多年前，我儿子被航空公司千挑万选录取了，真令人欣慰；N 年后，又顺理成章，美丽小空姐被小空哥牵着手迎进了我家门。

　　第一次上门，女孩羞却，怯怯地说："感谢您养育了这么好的儿子，让我找到了！"我眉开眼笑：你放心，我是怎么宠爱儿子的，就怎么宠爱你。

　　迎娶的那天，女孩说"不租豪华婚车"，新郎官开着自家车去接她挺好！婚纱？租！红鞋？网购！家具？几样就行！房间？小北屋蛮好！

　　三天回门后，我告诉儿媳：家里不是多了你一个人，而是新组建了一个小家庭！儿子的工资卡现在交予你来统筹，好好料理。别说交什么伙食费，咱们家是一盘棋，只要一家人好好相处着，公公婆婆会安排好这点小事的。

　　若干年过去了，我的孩子们成长着，工作着，成熟着；我们老两口照应着，呵护着，叮嘱着；我和儿媳间商量着，掂兑着，安排着。平平淡淡的日子，我们过得有滋有味，老少四辈的衣食住行，我们侍弄的妥妥帖帖。

　　孩子们常常天不亮就拉着箱子出门，上班去了。经常因为航班晚点，捱到后半夜才能回来；难得能在晚上 8 点前进家门，好好吃一口晚餐。飞机故障停在外地机场，还吃不上、洗不了；他俩都担任乘务长，还得笑眯眯的耐心的向怨气冲天的旅客解释、安抚、服务好。间或，飞行中有旅客发烧呕吐，甚至宝宝临盆，都得空中乘务们上手收拾打扫，选择恰当的急救措施，向机长报告，联系地面组织接机，直送医院抢救不耽误……！记得在汶川大地震期间，接送物资、接送伤员，他们忙得几天几夜没回家。儿子经得起摔打，可怜儿媳回来时走路都打晃了！

　　慢慢的，我也习惯了斡旋着、迎合着我这俩孩子特别的作息节奏。我的原

飞机舷窗外的景观

则：孩子辛苦，那可是天天在几千米高空航行中啊，他们淡定自若，倾情奉献；孩子辛苦，在岗位上得服务各色人等，让人人满意，太不容易；孩子辛苦，到家了想吃的、爱吃的，我得差不多都给备着，因为精神养好了才能在岗位上抖擞；家里有七七八八的杂事小情绪，尽量不去分孩子的心。我经常按航班表准备好饭菜，盘算着飞机落地人该回来了，等得着急，就发短信询问。儿媳回家后眉开眼笑："妈，收到短信时正好在机组回来的车上，大家审我'明明老公在飞行呢，谁给你的短信？'我当时就公开了你的好几条信息，噢，她们都羡慕死了，说"没经历过婆婆跟儿媳同一屋檐下了，还能常常短信来往"，说"公司若设五好员工家庭，一定全票选举你们"！我心里也很美，看着孩子香喷喷地吃着喝着，觉得真值！

儿子媳妇的日历上没四季之分。因为，夏天有时飞北方，冬天经常飞南方。落地休息时，出出进进按要求替换应季便装；尤其是在异地过夜时。所以，四季衣物都得能伸手可拿、装箱可走。虽然每天飞行时间长短不等，可必须提前两小时到岗准备，飞机落地后又必须等旅客都离机了，仔细检查客舱后才能下班。乘务长们还得赶紧写航班记录递交上去，公司需要及时掌握。所以，这两个孩子经常是行色匆匆，出门有点，回家无时。说真话，他们的小天地里经常是一片狼藉，难得有空收拾一下，还急忙忙喊："妈呀，洗衣机里衣服帮我晾一下！"妈呀，有两袋垃圾我没来得及扔呢！"不等我应声，人都已经冲进电梯走了！我一点儿也不苛求孩子，我偷乐：我是空姐的婆婆！只要他们把工作给我干好了，这些小家务有我们呢！

说实话，看着孩子们上班去、逛街去，出门一派飒爽英姿，时尚靓丽，像是玉树临风，噢，我心里真美滋滋的！

有时候，儿媳会跟我商量："家在外地的小空姐过节了回不去，能否让她们到家里玩玩，吃一顿咱家的特色饭菜？"；"我前几天收了个韩国小徒弟，能否请她来坐坐，尝尝中国口味？""嗯，我还想吃你上一次烧的那道菜，行吗？"更多时候是喊："妈呀，今天某某明星坐我航班了，真谦和有理哦！"；"我的工作服扣子掉啦"；"裙子又蹲开线啦"；"我那件新买的衣服你看见没有"；"我的 LV 包包挂哪里啦？"……还振振有词："妈，你放心，现在你们照顾我们，将来我们照顾你们！"我心想，我可不是跟你交换呢，我是尽我当妈妈的那份责任！可嘴里说："少来这套花言巧语，看表现！"更有趣的是还常常举报我儿子"上机前才发现领带夹子不在，地面同事协调了一个"；"倒车时没看清情况，车被剐了，悄悄送去修过了"；"昨晚庆功宴，他喝多了，哎呀呀当'英语教员'了，'哦—啊—呜'的，可丢人啦！"

儿子、媳妇难得与我们欢聚餐桌前

叽叽喳喳的，大厅小屋都是她的笑声！

我知足，只要是年节假日，儿媳总有一份孝心奉上；每逢老两口一五一十的生日，孩子们总会有一份安排让我们欣喜；家里的日常费用，只要能银行转帐的，都由儿媳一手办妥；小两口恩恩爱爱，屋檐下和和睦睦，到我们这个年岁了，还有再高的追寻吗？！有一首歌的歌词，我很喜欢：……你梦中的家像现在这样吗……？是的，年轻时的梦，不正在现时这样的生动地演绎，温馨的、静静的、缓缓的流淌着……

别人怎么当婆婆，我不知道。可给空姐当婆婆，我觉得还行！

我什么时候去养老

[写作于 2009 年 10 月]

我渐渐地老了，这不可抗拒。尽管还有那些想做的事，没精力去做了；尽管还有那些想帮的人，没能力去帮了；尽管还有那些不甘，因为老了，只叹时光匆匆、岁月流逝不回头了。

有一天我终于发现，自己似乎没法让一起生活多年的老母亲天天保持精神快乐，保证三餐不重样，有滋味；没法让自己时时守护在她身边，不能夜夜照应她的洗漱起居，更做不到陪她常常聊天散步，处处迎合她的喜怒哀乐。母亲在我家里有独自的房间，虽然不大，但设置齐全、小巧精致，她很喜欢，喜欢到很少下楼、很少走出去，更不与邻居油盐酱醋、家长里短，日复一日地守在家里，想事、发呆，偶尔写写日记。母亲高小文化程度，解放前夕积极参加工人运动，积极靠近共产党，若不是正巧临产我大姐而阴差阳错，我母亲一定是有资历的老人家，恐怕都轮不上我来照顾呢！我心疼妈妈，愿意让她感觉生活快乐，晚年幸福！

嗳，就那么巧。一次昔日初中同学、现在返城知青聚会，席间交谈起各自"上有老下有小"的生活体验，有人说起了"孙克仁老年公寓"，认为那个养老院背景好、规格高。哦，挺心动！！回家后就跟母亲"渗透"了一下。母亲说，她早有此意，只是恐人猜测是因为儿女不孝、家无住房而脸面无光才离家养老。说着就张罗先开个家庭会议。也真是凑巧，没过几天，公寓里有位老人家即将被子女接去澳大利亚生活，床位就空出来了。当即我们姐妹决定，领着妈妈先去实地查看，权作观光一圈呗。

嘿，那公寓坐落在静安寺附近，华东医院旁边。相邻的上海戏曲学院，典雅的校园里，参天大树与延安路高架比肩，蔽荫着这座七层的小楼。推开那两扇气势磅礴的铁艺大门，噢，好一处闹中取静、精致华美的老年公寓啊！

　　走进大厅，一架黑色大钢琴倚角而立，迎面的大屏幕电视气宇轩昂，音响设备一应俱全。抬头观看，大厅空间直贯七层楼顶，玻璃房顶让阳光无遮无拦地满楼环绕，宽敞通透。观景电梯24小时开放，每个楼层的走廊围绕大厅叠层而上。那里错落的沙发茶几上摆放书报杂志，墙上满是老人们种植的吊兰、挥笔的字画，还有生活照片，琳琅满目，鲜活有趣。每个房间居住二三四位老人，窗明几净，窗帘拂风垂地，与床罩同样厚度、花色，整齐划一。空调、电视机、衣橱、碗柜、小圆桌子、小靠椅等，一应俱全；每个房间都卫浴配套，扶手遍置，安全牢靠。

　　拾级而上，我们来到了顶楼。大晒台围绕着玻璃顶盖。纵横交错的大型晾衣架上，床单被罩正随风摇曳；铁艺桌椅上盆景大小参差。哟！还有偌大的一片空地，竟然是几色大理石铺就的硕大棋盘——那楚河汉界分明，条线比例如真，那将帅车马炮们则用青石雕凿而成，大小、轻重都在老人能搬动的范围内，真让人叹为观止。探身观望楼下，嗳！楼房背面还静静的卧着一个如盆景般的小花园，假山流水、健身器材，疏密有序，令人流连忘返。

　　妈妈兴致益然，一幕一景地欣赏着，连连点头。期间，已生活在那里的老人们都友好地张望，有的甚至笑眯眯的走近，表示高兴新伙伴的到来……妈妈穿着利索，从头到脚山清水秀；妈妈和蔼，不时向老姐妹们招呼着、礼让着。以至于老人们盛情相邀："来吧来吧，我们这里可好了！"更有一位阿姨跟我悄悄话："到我房间来吧，因为原订的老人暂时不过来了"。妈妈干脆："不用再看了，马上办入住手续！"妈妈如此少了子女的照料，倘若委屈，我真心里不忍，再三斟酌，感到还是让妈妈哪天高兴了，过来试着住几天，体验一下再定。

老年公寓

2010 年春天与妈妈合影于浦东滨江大道

公寓长说"床位紧张，没法长留的，请放心住进来吧"！

　　……

　　到了那一天，全家总动员，为老母亲搬家，置办了最齐全的生活用品，新买了大字形的手机，四季衣物再筛选一遍，随手物件再小巧别致、灵气点。一个心意——不能委屈了我的妈妈！

　　刚开始的一段时间里，我们很惦念，每天几遍电话询问，每周几乎跑去七趟。记得爸爸生前经常夸妈妈"长有一颗'七窍玲珑心'"。妈妈确实如此。假以时日，妈妈慢慢的开始撵人了："没什么事，快走吧！合唱队要上课了，过几天还要展示呢！"；"我这里的麻将活动时间要到了，昨天几位老姐妹约好的"；"今天武警总队来慰问，还有茶话会呢"；"有空给我买件浅色风衣，我要去风景区车游了"；"那双鞋跳舞时有点夹脚，快点去给我买一双"……总找词支走我们。

　　探望时，常常正逢开饭。老人们可以到一楼大餐厅用餐，也可以选择由服务员推着保温饭车送到每个房间。照例"一荤一素一汤"，菜品是三天前每个老人选择预定的。午睡后，服务员会应招前来帮着搀扶、搓背、洗涮衣物等。偶尔老人家们有个头痛脑热不舒服，驻老年公寓的医生会及时进行初步的诊断，控制病情发展，并安排服务员协助家属用轮椅将老人一起送去就近的华东医院。若有急诊的，直接拨120，再通知家属前往……总之，围绕着老年人能发生的什么情况，公寓都有应对措施，都在掌控之中，真挺让人放心的！

转眼间一个月过去了，两个月也过去。渐渐地，妈妈很习惯了，很适应、很安心了。妈妈下令："别来回跑了，打打电话就行了！"我们姐妹终于放下心来。只是妈妈是从我身边搬过去的，我总觉得亏欠妈妈很多很多，只要有时间，我就换乘两次公交车过去看看，一定不让妈妈觉得孩子们冷落了她。

是的，我们都在慢慢地老着，整个社会的老龄化进程正一刻不停的行进着。放眼今后，蹒跚满目，社会养老任重道远！国家针对这支庞大的老龄队伍，已经做了很多很多工作。并且，千百万家庭成员"倒三角"的架构越来越多，我觉得，像妈妈那样依靠社会组织养老真行：几对老夫妻结伴居家养老也可以；老姐妹、老同事、老知青相聚一起，相互照顾着养老，更不错，都是悟透人生的年纪了，别把房子、钱财、儿女都再紧紧地拴在手里、掂在心上，试着更豁达些，更开朗些，互相搀扶着，走着，笑着，活着，多好！

我在静静地等着我的这一天！

农家乐

——休闲生活的好去处

[写于 2012 年 7 月]

择日离开市区，奔向一个离上海约百余公里的地方。车疾心切，不过两个小时的行程，到了！

一条平坦蜿蜒的山道旁，一处宛如放大了好多好多倍的"盆景"；一湾秀丽宁静的小山庄中，静静的镶嵌着一座令人一眼就赏心悦目的农家小院。

哎哟！进入宽敞的院子，就看见一栋4层的江南风格的住房，金光锃亮的太阳能蓄水罐耸立在楼顶；地下一层有各种健身的设施。亭台楼阁旁，山泉引入悠然满池的鱼龟。楼后片片果园，品种丰盛，高高低低的棚架下、树桠上应季果实累累，飘香沁人……就是这里，就是她，吸引着一拨又一拨的被钢筋水泥禁锢腻了的人们，一传十，十传百，源源不断，蜂拥而至；双休日，小长假，大巴小车络绎不绝！

难得山村里静谧的一夜、甜甜的一梦……翌日清晨，鸟鸣鸡啼催醒了男女老少。一干人流登上就近的小山坡，伸胳膊抻腿脚，舞舞玄玄的比划着。吸入了一腔沁人心扉的山野清风后，早饭已在餐桌上等待着裹了一腿晨露的客人。有了初步的体验，神秘的大山更让人心驰神往了。

哦，满山满坡的参天竹林里，风穿如掣。蜿蜒而上，几近接天的石阶小路，人流参差不齐。侧目山泉流经处，竹亭、竹厢、竹桌、竹凳，三五人聚一处，泉水泡茶，酣饮正浓。竹叶婆娑，微风拂面，脚下窸窣，落叶轻吟，催人趋之不觉乏，谈笑之间步如踏。间隙处，低洼向阳的小平坡上，三五十排的茶园，点缀着跌宕起伏的山麓；抑或，杨梅树、桃树、李树依坡静立，葡萄园、猴桃园一片又

一片，垂挂的果实静候着人们的惊鸿一瞥。气吁吁间回首俯望，那山脚下竟然是一座气势磅礴的大水库，碧水泛轻舟，清澈映云天……

我望着密密的竹林，那根根翠绿，亭亭玉立，正默默无闻地日夜守护着这方水土呢。我想着一旦有人召唤，它们又都会奉出所有的，便肃然起敬了。这种高山仰止的心情，与我平时在人潮人海里、亲戚圈、朋友间领教的那些自私自利的唯我独尊相，那些贪利忘本的一场场计较，那一幕幕不堪遭遇后所产生的心绪，形成强烈对比，对眼前所见于是有了前所未有的亲近……

下得山来，迈脚跨进农贸小集市，摩肩接踵的人们挽着包包筐筐，操着异地话语，你呼我应，一派繁荣景象。面对满目的鳞次栉比、价廉物鲜的竹乡特产，经过山风和竹林洗礼的人们似乎多了一份矜持，讨价还价，斤斤计较还真有失身份了，买主与卖主都笑意盈盈的。高高兴兴的大包小袋的，把收获换回来，把山野搬回来！

远远地看见小院的树荫下，那几桌丰盛的饭菜热气腾腾，香味弥漫随风四散，于是催促疲惫的脚步匆匆前行……呵！各种清炒的山野菜馅花红柳绿；哦！鲜嫩的鱼虾令人垂涎欲滴；瞧瞧，自制的糟腌食品异香赴鼻；哟！那一大锅金黄鲜香的用竹林鸡、山泉水熬制的汤，雄踞圆桌中央。噢，急切的游人几乎同时把手中的餐具伸过去，再伸过去……

该回家了！主人频频祝福，客人连连致谢！车开出很远很远了，依依间回头望去，如画的盆景越来越远、越来越小了……我想，此时此刻，城里人村里人一定都会有些许感慨：去农家乐，农家也乐，那是否应去得更多些，是否来得也应更勤些？！生活环境的交替，交换着生活感悟，从而让所有的人们对美好的生活，感觉上更满足些，幸福指数更高些，让人们的精神世界充实得更完满些。

也许，也许这一切正在如火如荼进行着，一切正在渗透于常态化的生活节奏里。

丘北普者黑音乐喷泉观后

【写作于 2015 年 3 月】

陆晓平老师，你好！

我很少看完整的类似视频，这次是意外。打开后，第一眼就被牢牢地吸引了，几乎不眨眼地看完了您的这则喷泉景观链接。心中产生少有的震撼，感动难以抑制。

感动之一是视频中的音乐。里面囊括了云南最原生态、最具特色的云南山歌，中国传统经典名曲，脍炙人口、经久不衰的世界名曲和最美女高音的放歌。这 4 个段落各有特点，亦舒亦缓，且大气磅礴，让人深深地感受了音乐的魅力，享受了乐曲的美妙。

感动之二是视频反映云南丘北县普者黑景区的音乐喷泉，聚焦了由水幕、水帘、水柱组成的画面。极其变幻，极其壮观。五光十色的灯光映射下，如雾如瀑，千变万化，千姿百态，这般彩虹舞动般的美伦美幻的视觉冲击，难以描绘，感到真的无与伦比。

感动之三就是视频中，音乐和水珠跳跃之间的配合，真是天衣无缝，令人叹为观止！随着音乐节奏的跌宕起伏，那喷泉冲高，欲入云端；喷泉柔曼，丰姿绰约，婀娜

赛仙女。各种图案、各种形象交叉错落，幻景无穷尽……哦，灵动的水珠，音乐赋予了它涅槃般的荣耀与不朽！

感动之四是视频的编辑构思。其中的"激情篇"，由云南的原生态民歌拉开序幕，展现少数民族的风姿，先声夺人；"浪漫篇"，援用了小提琴不朽的曲目"梁祝"，委婉优美，如泣如诉、若歌若颂，永远的浪漫，动人心弦！"奋进篇"竟然引用了西班牙斗牛的乐曲！哦，那么得的激昂洒脱，熟悉悦耳，这节奏搏击那喷泉更激越、更亢奋，直击天幕！"辉煌篇"中，那优美的女高音唱响了一曲和谐中国的盛大赞歌，万众心动，振奋不已！

看到这样精彩美妙的视频链接，真是太喜欢了！！

陆老师，再次谢谢您！

闲谈穷养与富养

【写作于 2015 年 5 月】

曾几何时，人们向生活学习，向社会学习，衍生出一个响当当的说法：男孩子要穷养，培养意志和耐受力；女孩子要富养，培养享受和控制欲。一时间，男孩子的家庭不知所措；女孩子的家庭洋洋得意！口口相传中，几乎要形成定论了。

我不以为然，我也在不断地向生活学习，我的观点截然相反，响当当的悖论是：富养男儿穷养女。

男孩子一定不能穷养，而要在富养中树立他的自尊、自信，灵魂高贵，傲视物质，富养不奢养！倘若穷养，他一旦接触社会，受名车豪宅的诱惑，受真假富二代的揶揄，受俊男靓女的冷眼冷语，自卑感生成，自信心日薄，怨恨加深，仇富情绪日增，随之而来，社会必然就隐隐地多一层不安了！

女孩子一定不能富养，而要在穷养中培养她的自尊自爱，知性大度，理家循道，穷养不卑养！倘若富养，她终究会嫁为人妻，携着趾高气昂的公主架势，享受欲、控制欲会日益膨胀无忌，颐指气使无束！往小处说，会毁了脆弱的夫家，导致"择妻有误而捶胸顿足"；往大处讲，会毁了呕心沥血在职在位的男人们，后院火旺，不易安抚，胆战心惊，推波助澜会使社会就又多一层不安了！！

我崇尚男女平等，崇尚传统美德。男人得有担当，事业为上，护家有方；女人得有修养，尊夫敬家，料理得当，做到三尺门里相敬如宾，走在蓝天之下祥和一派。细想起来，很多社会问题归根结底是家庭问题的扩大化，小不合则乱大家，小不和则搅大安！当然，评议穷富的尺度见仁见智，衡量情感的效应是心知肚明！但是，宗旨只一个——追求生活和谐，维护社会稳定！！

我做得到！呵呵。

温暖小诊所爱心大舞台

【写作于 2015 年 1 月】

如果说，咱们整个社会医疗机构是一个庞大的运转系统，那么，近年来如雨后春笋般出现的社区小诊所，就是这套运转系统里最末梢、最敏感、最接地气的一个重要环节。

我住在真新地区，经常需要光顾铜川路上的社区卫生服务中心。看病、开药、针灸、吊瓶……日复一日、年复一年的出出进进，目睹了诊所里李医生、郝医生以及其他医护人员的工作常态，很有感触，很想表达几句心里话。

感触之一：诊所管理有序，窗明几净，一尘不染。病人踏进门槛，先赏心悦目，病痛的心境由此平抚许多。

感触之二：走进诊所，满目摩肩接踵的人和颤巍巍的老者，医护人员呵护有加，不厌其烦，引导着患者气定神闲，秩序井然。

楼面底层，全科医生李大夫的说话语气永远是那么和蔼，平缓地说，恳切地问，手里熟练地接单下药、打印医嘱。所有病患，她几乎都叫得出名字，对得上号，说得出病，真是非一日敬业之功所能达到的境界。她一边忙碌着，一边注意观察排队等候的人们，发现有年纪较大的、有行动不便的，就会跟大家打招呼，让那些患者先一步就诊，早一点回家休息。有一阵子，我身体不堪，虚弱异常，又不想给李大夫添麻烦，就坚持着悄悄地捱在队伍后面等着。一声招呼："虞绮莲快进来！"是李大夫看到电脑里我的名字，哦，一股暖流，满腔感激！只听她在解释：这个病人是连坐都坐不住的，一定要让她先看的！我爱人搀扶着我，三下五除二的结束就诊，回家歇着了。我从不迷信，不一定非要去三甲几甲大医院治疗常见病、安度调理期。李大夫亲和的面容，暖心的问候，比什么药都有效，

真新社区诊所的郝俊超大夫、李萍大夫正在交谈中

治病又治心。人们交口赞誉，锦旗满墙挂——李大夫德艺双馨可见一斑。

拾级而上，诊所二楼服务内容是中医诊治。前一阵，因为膝关节闹事儿，诊所路近方便，我就想上二楼试试。这一试，便让我看到了小诊所另一个天地：不大的方厅里，亮堂堂。辟出的诊疗室，放了三张床位，各有垂帘相隔；其余之地尽可能的摆放着沙发、椅子。只见郝医生软语轻声，手脚麻利，像作业于流水线上的技师，不停地穿行于垂帘里、座椅间，手拿闪闪银针、圆圆火罐，为每一位颈间、腰间、关节疼痛僵直的人们扎穴位、拔火罐、打注射。因为慕名而来的患者络绎不绝，而且日益增多，他依然不急不躁，耐心周到地对待每一位患者。哪怕来不及午餐，哪怕不能够喘喘气，哪怕自己后脑勺还扎着小银针，他都坚持着不停顿地为每一位患者服务。那张人体经络图就像是长在他脑海和眼睛里，了然于心，蹲在、站在病人面前时，下针利索迅疾，针到感觉就到了。我常常听到他有意跟患者说话，分散其注意力，使其不紧张。对老者更是小心翼翼，只听见他嘴里叨咕着："放松，放松，乖一点再乖一点……，好了！"耳闻目睹，真是心生敬佩，一个帅气的年轻小伙子，忙忙碌碌每一天，用自己的学识和技术，用满腔的爱心和耐心，在这一方小天地里，全身心地为患者服务，驱病痛送释然。暖暖的诊室、暖暖的医生，我佩服！

哦，社区居民的温暖小诊所！哦，白衣天使的爱心大舞台！就在我们身边，就在我们眼前。我想说：诊所不分大和小，医生敬业是王道！

赞美，铜川路诊所；赞扬，各位天使！

亲，你还记得我吗？

[写于 2008 年 12 月 13 日]

我那时太小了，不记得自己妈妈长什么样了，爸爸就更遥远了。我很幸运，当时兄弟姐妹一下子来了好几个，没法侍弄了，思来想去，主人要寻个好人家安顿我……

只记得是一双温暖的大手，从一个简陋的纸板箱里把蜷缩一团、无望无助的我轻轻地抱出来……温温的水流，香香的皂液，把我冲淋清洗得干干净净，捧进了一个崭新的温暖的窝里。噢，我好怕哟！探头探脑地四处张望：咦，好大好大的一个屋子，好靓好靓的一堆摆设，这会是我的新家吗？

又一双温柔的手伸过来，捧起我一阵端详："嗯——嗯，不错，不错！"紧接着，牛奶来了，小粒粒来了……我不懂什么叫矜持，太香啦！把头埋进去就是一顿美餐！哦，浑身舒坦，飘飘欲仙！没等打完嗝呢，我又被抱到阳光下。我懂，我是到了一个叫阳台的地方，好大好大，有桌有椅，围栏铮亮，绿荫婆娑……我被放到宽敞平展的地上，哈哈，惬意，撒开四蹄一顿跑。我知道了，这就是我的新主家——我的！

哼哼！本小姐是西施血统，娇小玲珑，通体雪白！风一吹，毛发飘逸；脑袋上、后背上就各露出三个浅褐色小小斑痕，像是兴奋跳动的花。我天生成桀骜不驯，可有心眼儿了呢！趁他们不备，把买回来的好几样菜叼撒满地，沙发垫子一口拽下来，小包布方凳咬破它，再给洒上点现成的水。哈哈哈，真来劲！哟，门锁响了，我蹭的一下躲到沙发后面，露个小脑袋看热闹……他们既然把我弄到这屋里来，还给我起个名字："小旺旺"——不好听！我也得摸摸他们脾气！眼下，只见女主人在收拾残局，手脚不停地一顿清理，脸上笑吟吟："呵呵，小旺旺，小淘气儿，看我一会儿就来收拾你！"呵呵，我明白，心里有底了！女主人喜欢我呀，宠我，这就是我的胆气，我的运气了。主人爱我，我也得好好表现自己：钟点工阿姨来了，擦东擦西的这顿忙活。我先跑到主人包包旁边守着，见钟点工要靠近过来，就汪汪汪地吓唬她，告诉她离包包远点！有陌生人进来说话，我可不想认识他，我就知道赶紧趴到主人脚下，虎视眈眈看着那人，提防着，时刻准备保护主人！主人的妈妈来了，晚上占着男主人的睡铺不说，夜半起床还披着女主人衣服。嗨！我这暴脾气一下蹿上去，把衣服叼回来，放到主人面前，吓得老妈妈第二天就嘟嘟囔囔地走了！有一天，大平台上来了几个人，仰着头看天空、看四周，在我地盘上比比划划的，讨厌！哎，有个小小人也跟着跑来跑去地瞎忙活，我可看不惯，上前叼他小裤子一下，吓唬吓唬他！哟，劲儿使猛了，碰到他一点点皮、一点点肉，没等他哭，主人就赶紧带着他去打什么狂犬疫苗了。哼，也没咋地呀，多余！那我也害怕呀，躲到厅里那垂地的大幔帘下，不敢动弹！女主人那嗓门最大，一声断喝："小旺旺，你给我出来！"我乖乖地匍匐到她脚下，缩脖儿等着……呵呵，被主人拍了两下屁股，没啥，不疼。

主人家有车，本小姐爱坐这车。只要这车一动，车窗一开，瞧我这长发飘飘、玉树临风的劲儿，真是谁也不在本小姐眼里！开着开着，车停了，我呜呜呜的不开心，咋回事儿？哦，是马路上有一只红眼睛亮了，讨厌！接着呜——哇！绿眼睛亮了，车动了，我又接着臭美！咱小脑袋还探出去，煞有介事地看热闹，偏偏对面过来车了，碰着我、要碰着我了，我赶紧小脑袋一歪，把它让过去，哎，没啥事！哈哈，好玩儿……

吃什么？好办，我有自主权。有香肠不吃小粒粒；有腰果不吃花生米；有新的不吃剩的；有外国小包装的不吃中国大包装的；妈妈净是挑好的给我吃！没办法，这待遇就高不就低，上去了还就下不来了，哼！

睡哪儿？好办，我有自主权。女主人睡哪我睡哪儿，在我的世界里，她就是我妈妈了，我是她的心肝宝贝，我得守着她。她可有招儿了，想了个办法，把一个床头柜的小门卸掉掏空，铺上软呼呼的垫子。哎——还行，本小姐才不稀罕跟他俩挤呢……

咱天生娇小，视线自然就低了，有时候，阳台外大平台上有点热闹、出点动静，我看不见，急得直叫唤！妈妈怕委屈我，楞是把好好的门下方，按我的平视高度，呼隆隆钻开一个小洞！这可是真提气啊，外面的世界咱一目了然，我更要好好看家，努力表现啦！

可谁又没有"怕"呀？！我天不怕地不怕，就怕主人领我奔宠物美容店，远远地看见那块招牌，我就开始浑身哆嗦……阿门！那大大的喷淋头，热水浇过来，躲也躲不开；那呼呼的强力干毛器吹过来，闪也闪不了。顶顶吓人的是那飓风般的动静，咱听力又好，好恐怖啊，像要吞没我这块小肉坨坨……没等惊魂散尽，剪毛推子又劈头盖脸压过来，还拴住了掏耳朵、剪指甲，都是闪闪亮亮的硬家伙。噢，我那位妈妈就趴在大玻璃外面，傻看着我这四蹄被撑开、呈十字型的狼狈相，还乐呵呵地付给他们赏钱！她真是脑袋让门挤了，叫驴踢了，渗进水了……天哪，不就是图个抱着我出去显摆，人见人夸、车见车载的风光样嘛！可我每隔一阵遭的这一遍罪，有谁知道啊？

要说，这人多了，事儿就多。主人家鞭炮齐鸣，儿媳妇进门了，长得好不好看，我才不管哪！可恨的是没几天，她领回来一条高高大大的金毛！它一上大平台，我就闻着味儿了，还越来越近，眼看着踏进阳台要进屋了……我这暴脾气——站在沙发上面，我恶狠狠地瞪着它，呼呼地喘粗气儿。它懂，站在门口就不敢进来了。它小妈妈再拽也不进来，顺着它的眼神一瞧，哦，先来为大的在那儿作怪呢！小妈妈懂事，赶紧过来跟我解释，跟我溜须："旺旺乖哦，它叫'娜娜'，请她过来是跟你作伴，陪你玩，别欺负它喔！"粗粗的肉条送到面前。嗯，给点面子，进来吧！……可威风不能减，划定势力范围，好多地方，"娜娜"不能去，一犯规我就收拾它，它高，高咋呀？我跳起来咬它，哼！

别说，金毛还真的是好脾气呢。开饭了，并排的两组饭盒分干湿，我得先挑挑拣拣——两份饭盒里，我愿意吃的先遛一遍，差不多了，"娜娜"再上前去享受。这规矩就算立下了！它饭量大，吃啥，啥都不剩，填坑哪用好土！金毛？哪有我金贵啊！它也有叫我生气的时候，原来我把多余的好吃东西，找地方掖起来了，闲来无事时再打牙玩儿。可它馋，闻着味儿刨出来就给"啊呜"了。别看背着我干坏事儿，这小案子好破——东西没了，就找"娜娜"算账！我追得它到处乱窜，它心知理亏，又高大笨拙，躲来躲去直撞得屋里的东西山样响，一堆人看着我俩，笑得前仰后合……哼，猫有猫道，犬有犬规，世道乱了，码头不能乱！还行还行，俺俩在大平台上并列一站，一道风景！我在它身上从头到脚爬来爬去，一出好戏！每天去楼下大草坪遛两遍，谁家养着的也不敢欺负她，有我小旺旺呢！！

日子好欢乐啊，我不知道什么年月日，只是黑黑白白的吃了睡，醒了玩。跟金毛处成闺蜜了，也真是懒得欺负她了，都是四脚落地的主儿，得饶它时且饶它吧，和和气气一家亲啦！眼见得金毛的小妈妈都抱上咿咿呀呀的孩子啰……

呜—呜—呜—呜，不好啦，我妈妈有病了，一天天快快得抬不起头、提不起神！本来恨不得时时捧我在她怀里，现在她自己连坐都坐不住，直往床上趴。有一阵子看不见妈妈的影子，我着急啊！不想吃、不愿喝的想着她。再见着她时，那身上竟缠满了白白的东西，眼看着她一天天艰难地熬着、捱着，再看看家里人的凝重的神色，我好心疼妈妈啊！她一定是非常难受、非常难受啊。我乖，我很乖，不吵也不闹，可是这么地也救不了妈妈呀。

我的"小旺旺"

哦，我明白了，不就是老天爷要在我家索条命去嘛。那我小旺旺贵贱也算一条命啊！我小脑袋想来想去，有了救妈妈的办法。

又是一个傍晚，妈妈自己在家歪着，老爸爸带着我和娜娜下楼遛弯儿去。老爸爸也是心力憔悴，没顾得上给我带上好看的瑞士红佩带，只牵着娜娜一起在小区里走着，走着。天渐渐地暗了，只见路上有车开过来，车灯明晃晃地让我睁不开眼睛，真烦人！又一想：这不是机会来了吗……别睁眼了，由着车开过来开过来吧！由于我白花花的，灯光打在路面也白花花的，司机一下子没分辨出情况——哦，刹那间，不过刹那间的一下子巨痛，我成功了，我代替亲爱的妈妈给老天爷送命去啦！

不过——不过一会儿，一丝游气的我似乎已经在妈妈的怀里，熟悉的声音似乎在喊我名字，在叫喊着："开快点，再开快点！"在一个雪白的屋子里，一个雪白的声音在说："不行了，没有生命体征了！没有抢救价值了！"

是不行了，我的魂魄已经出窍，出窍了……

远远的高高的，我如烟如气般的魂魄不忍离开，不忍远走，我努力地往下看着，看着——

我看见妈妈在声嘶力竭地哭喊；我看见老爸爸愤怒地朝吓呆的司机叫嚷；我看见家里满屋的人在劝慰着我的妈妈，盛赞着我的壮举。我看见妈妈找寻立交桥下铺设成型的一片草地，求人挖了一个深深的深深的安眠坑，轻轻地放进我的窝，把我轻轻地放进那个坑，轻轻地盖上一层又一层的单子，轻轻地放进我的所用所爱，呼唤着我的名字，慢慢的缓缓地盖上土，把草皮按原样培上，踏实，再踏实，洇上一遍又一遍的水，期望草皮长得旺盛些，再旺盛些。我看见，几番日落日出后，妈妈又来了，带来了我最喜爱的零食，撒遍了那一片草地，轻轻地喊着我，悄悄地嘱咐我，红红的眼睛、憔悴的面容、蹒跚的步履……

哦，妈妈，我心痛！！！

我已经报到了，老天爷知道了我的感恩义举，老天爷一定会护佑好我的好妈妈，护佑好我的老爸爸！！

请你们记住：一定会有来世！我，旺旺——你们的亲亲，一定还在老地方等你们！

第五辑 歌咏言

家 风

［写作于 2014 年 10 月］

　　几十年了，从学校到黑龙江建设兵团，从齐齐哈尔到上海，熟识的人都晓得我爱唱歌，"侬那能嘎欢喜唱？""哦，大概是天性吧"。有人讲我身上"音乐细胞多"。音乐细胞？不懂！读书时，看到古代名言："诗言志，歌咏言"，噢！古人把歌咏当作了一种生活常态，但并非人人都唱——那可不是常态。

　　我喜欢写，我喜欢唱，不过我讲不清理想的崇高和抱负的远大，我只有不服输的劲，追求美好生活，厚人薄己，有情有义，以此为骄傲。老师说，"诗言志，歌永言，其实就是抒发情感，表达认识"。老师讲的，应该是对的。

　　你知道吗？上海有一条马路，过去叫"槟榔路"，坐落在十里洋场的法租界。新中国成立后，改名为"安远路"，归属静安区。当年，老住宅被日寇炸毁，我的外公外婆领着一群儿女，逃进法租界这条

20 世纪 80 年代，祖母、父母和我们夫妇俩、弟弟妹妹、表弟的合影

街道，在一幢砖木结构的旧式三层楼房里安顿下来。外婆闲聊时，一直讲"阿拉是住嘞槟榔路额……"！著名的玉佛寺，也在这条路上。

我的爸爸妈妈很长时间里，就与外公外婆住一起，慢慢衍生了一个五口之家。楼上楼下都是自己家里人——外公外婆，舅舅姨妈小姨，表姊妹表兄弟，能泱泱站成一长排！孩子们都还小，家族曾请了两位湖州阿姨帮佣着。安远路的这楼房，记载了我整整十八年的成长。

一

我爱我家，我爱我爸；我爱我家，我爱我妈！

妈妈对生活的态度，从来认真、负责，雷厉风行。在纺织厂的实验室工作，始终一丝不苟。在家里有绝对的发言权。她教育我们从小爱学习爱劳动，我们姐弟三人因此从小就学会了自理家务。我行大，还必须附加一条：学会照顾弟弟妹妹，给弟弟妹妹做好榜样。

妈妈真聪明真能干。那不大的居室，在她的操持下，被布置的生机昂然。在我印象里，我们三个孩子锺爱的偶像——白雪公主和七个小矮人，一直干干净净地摆放在很显著的地方。每逢春暖花开时节，小小居室都会粉刷一次墙壁，而且全家动手——去年刷浅显的咖啡色，今年改为天蓝色，明年是湖绿色，一年一个样，年年新气象。妈妈说，年年求新，年年思进。紧挨着居室，窗前那漫坡、青瓦屋顶上，一年四季被妈妈侍弄成小小花坛：翠绿宝石花，金杯大菊花，月季、玫瑰、牡丹一盆又一盆，挤挤挨挨竞相开放。窗内温馨，窗外斑斓，陪伴着我们一年又一年。

妈妈手巧，会设计、编织花样百出的毛线衣，会裁剪缝纫绝无雷同的服装，打扮着一家大小，装扮着平淡生活。在我们童年时代，我和弟弟妹妹的穿着都很体面，谈不上时髦昂贵，但有妈妈的慧心的呵护，在同学当中，有我们的自信、我们的自豪！

妈妈博爱，一家子周日游园，总不忍心这个外甥那个侄女的巴巴的目光，必定不厌其烦地也带着他们，一起享受明媚的春光，一起领略秋日的繁华；阳光下留影，留下永远的记忆……

妈妈对待生活，总热爱有加，她有她的文化底气，有她对工作、家庭美好的百折不挠的追求，有充沛的实践精力和能力。

长大了，我们姐弟仁人的家个个有规有矩、有声有色，这都得益于儿时、青少年时期的耳濡目染和妈妈一天天身教言教的熏陶！那童子功的训练，炼就了我们今天的生命和生活常态。

我爸爸的祖上，是江苏金坛城里的富庶人家。爷爷早亡，靠奶奶一妇道人家把持，难免疏于照应，顾此失彼，让几任管家讲瞎话、编故事，拐走了不少家财。爸爸有姐弟四人，他目睹家道中落，18岁毅然离家，闯上海，奔出路！从做布店的学徒熬起，

爸爸妈妈当年专程来齐齐哈尔看望我

受太多的苦楚，只能瞧人脸色，忍辱负重，甚至卑谦恭顺。现在想想，爸爸那时候正值青春，那心里的难受一定有很多很多。

多少年风风雨雨，爸爸历练得识人识事，明理讲理。公司里出头露面的事情都派他去操持，觉得他很能干。我引以为傲！

爸爸俊朗和气，从不发火，从不大声呵斥，总笑眯眯的。公司里里外外，包括坊间，人们都夸他慈眉善目。我们这个家谈不上什么"书香门第"，但长年累月坚持订阅《新民晚报》、《大众电影》和《参考消息》，这是爸爸妈妈的学习，爸爸妈妈对祖国的热爱，对时事的关心。那时候，我们这些小孩子不懂，而每隔两个月的某一星期天，爸爸就会和我们一起，把看过的报刊捆扎一摞，前呼后拥地送到废品站卖了，然后爸爸再添上他的若干贴己钱，换回来几个大闸蟹，抑或炖蹄髈，抑或白斩鸡，这一道道奢侈的加菜，可让我们姐仨美滋滋、乐呵呵老半天。直到今天，几十年都过去了，看到《新民晚报》《大众电影》和《参考消息》仍然有亲切感，心里很温馨。

爸爸的能干，还在于他娴熟地操持着我们全家的吃喝拉撒睡，他会做一手好饭菜，中式烧炒、西式料理都得心应手。我们跟着、学着、蹦着、看着。爸爸是楼里孩子们最盼望的，每逢发薪，他总变戏法似地从拎包里拿出小零食、小玩具，换来孩子们的雀跃。

这是一个充满了欢乐的家，这是一个勤劳而充满自信的家，可以这么说：这都是爸爸妈妈努力创造的。

我爱我家，我爱我爸；我爱我家，我爱我妈！

二

在印象中，爸妈营造的这个让我终身难以忘怀的家，还经常沉浸于歌声乐曲中。

我是在听着爸爸吹长箫、吹笛子，看着爸爸敲洋琴、拉二胡中长大的。我惊诧那弓弦摩擦间的神奇声音，感动那轻灵竹条撞击出的美妙律动！常常有机会去汉口路的市政府礼堂，观摩爸爸所在纺织品公司文工团的演出。爸爸是首席演奏员，他们演奏的"梁山伯与祝英台"、"喜洋洋"、"茉莉花"、"阿细跳月"、"春江花月夜" …… 我听得如痴如醉。我好骄傲，我好羡慕！但爸爸对我们的未来有更高的设想，只要求孩子们从小在学业上有建树，不教我们学习乐器，不让我们分散精力。现在看来倒是有点缺憾，可是咱自小就聪明灵气，听着、看着、学着，那乐感、节奏、音准便丝丝入扣地渗透我这小小的心灵，慢慢地养成了一种潜在的爱好，一种自我陶醉。

细数起来，我5岁大时，咿咿呀呀的就会唱《莫斯科郊外的晚上》，就会《喀秋莎》，就会《鸽子》、《小路》。6岁就敢进市一女中的联欢舞台上，唱《罗汉钱》，比比划划不怯场。歌剧《江姐》播出没几天，我就跟着哼哼呀呀的。再后来，爸爸他们文工团还排练了江姐被捕受审那精彩的一场戏，我粘着爸爸带我去！看着学着，便有点说哪段会哪段、提哪段唱哪段的机灵了。芭蕾舞《红色娘子军》和《白毛女》的全部音乐，我都记得扎实，特别特别的喜欢！

"文化大革命"来了。那个年代走过来的人都记得，全国人民如痴如狂的歌唱红太阳歌颂大革命。这安远路我家所在弄堂也紧跟上，热热闹闹地搞"向阳院"。弄堂里九个门号俗称"九间头"，每个门里容纳了N户人家，每个周日由一个

门号里负责一台节目。我们1号里可是人才济济：我爸爸是总导演，列出节目单，楼上楼下各自准备着。晚饭过后，露天里辟出一方地盘，权当舞台。只见客堂门双双洞开，泻出那明晃晃的灯光。我是报幕、协调带监督，颐指气使统管一众人等，而且又唱又跳，里外蹿腾。我那些表姐妹也都会两下子呢！——唱歌

的，跳舞的，配乐朗诵毛主席诗词的，学说方言吆喝叫卖的，丰富多彩、和合恰当。全部的伴奏理所当然是我爸爸担当！一个个小节目，稚嫩多趣，有模有样，还常演常新！那全弄堂的邻居们一片叫好声，说"所有节目里，没人能比得上1号里嘎有腔调！"至今还传为佳话呢！

在那电视机匮乏，又没网络、没手机、没微信，没有任何可称之为个性化娱乐活动的枯燥时光里，这特殊年代里的居民表演，的的确确给我刻下了一个烙印，为我开启了一扇心窗——载歌载舞，展现自己，活跃气氛，释放情绪，这是一桩多么的令我亢奋的事情啊！

三

青春似雪，终将消融；相逢似梦，回忆如歌。

很多很多年过去了，当年安远路的旧居早已拆迁另建，旧貌全无了！

记得动迁时，朦胧中，弄堂入口那扇一早一晚便吱呀一声的大红木门还在那里；左邻右舍正相助相帮；鸡犬相闻的家长里短；长长弄里的炊烟飘香；楼上楼下的喧闹嘻哈；亲如家人的一呼百应，仿佛，仿佛还在继续，继续……

记得还有机会路过那一片那一路，曾经的小小舞台；曾经的吹拉弹唱；曾经的扬琴二胡；曾经的浅咖啡、天蓝、湖绿；曾经的那双迈出家门奔赴北疆的义无反顾的脚步，似乎都在眼前走过，走过……

歌声陪伴的那些年月

[写作于 2014 年 11 月]

　　当年，钢琴伴唱《红灯记》在收音机里首先响起，我如痴如醉地奔走相告。当了知青远离家乡，种地挖沟，泥胳膊泥腿了，还是不忘哼哼呀呀。

　　在黑龙江建设兵团，连队每逢"五·一"、"十·一"、开镰日、庆丰日、会师日，我指导战友们上台唱"红军不怕远征难"，编排歌舞"万泉河水清又清"。后来到了工作单位，有出头露面的事儿也都是我打头阵，演讲、比赛、联欢会，阵阵不拉，众口交誉。当地电视台邀请去演讲先进事迹的那年月，那时我的"虞"字，电脑字库里还编辑不出来呢，字幕署名"绮莲"，陌生的人们认出来，呼喊

合唱团女低声部的姐妹们参加歌唱比赛合影

"绮姐你好"！那时兴起卡拉 OK，正中我下怀，我更欲罢而不能了。单位午休时间逛到百货商场音响柜台旁，音乐一起，我站那儿引吭《涛声依旧》，回头一瞧，是叫好一片。营业员留我多唱几首，正好便于她销售，然后才依依不舍地看我去上班。饭店里开宴，席间有乐队伴奏、歌手放声，我撂下美味，上台一曲《女人是老虎》，饭店老板兴奋了，嚷着要跟我签约，让每天去唱两首。单位里年末开联欢会，我会把家里的电视功放、音响麦克装车拉过去，《跟着感觉走》、《你那里下雪了吗》、《我想有个家》……大伙儿一顿唱唱跳跳，尽了兴，完了我再拉回家组合上。虽忙活，可真是打心眼里的欢喜、是实打实的快乐呵！

回到上海后，战友远了，同事远了，朋友远了，圈子没了，爱好依旧，如影随形。那时候，东方电视台有个"秀 LG"，上海电视台让平民上电视节目——"和成大擂台"，开演时，大家喊"五颗星"，争五星奖。我艰苦创业中，忙里偷闲去参加，一曲《嫂子颂》换来复赛通知书。临复赛时，我的客户急要 300 箱货，等装出来送过去后，连定神的空都没有啊，汗滴嗒嗒地就冲进赛场——没办法，有准备没时间，匆匆忙忙的，再唱"嫂子颂"时，那口气没顶足，著名演员、评委毛威先生认真，他不饶人！呵呵，没关系，喜欢最重要！随着大量流行歌曲扑面而来，通俗易唱，让我目不暇接，欣喜若狂。

刚搬家到七宝，看见小区空地上搭台子，一打听晚上有文艺演出，马上找到居委会，进门就请战！她们疑疑惑惑听我自我介绍，乐呵呵的同意了。星空下，我高亢一首《命运不是辘轳》，全场叫好，纷纷打听这人是几号里的居民？接着，七宝地区群众文艺大联赛，原来内定的老独唱大腕因为乐队缺人手不能陪她玩，就甩脸不上了。情急之下，居委会急急忙忙找到我，说无论如何要上台救场，唱一首去！我那时正好自己开着店面，经营"三林熟食"连锁呢！一听，赶紧换了长裙配上领花，坐上小车就冲到七宝老街圈楼里的演出场地，碟片一交，没喘匀气儿呢，就听见报幕员介绍："下一位是万泰公寓居委会选送的……"我从容上台，第一段唱完，间奏时才发现自己的太阳镜没来得及摘呢！呵呵，没关系，咱优雅一转身，小动作——摘下，接着唱。没丢份儿，还得了个二等奖！要知道，毗邻的万科、南国、万兆，以及老街的阿姨妈妈们，都是爱好文艺的业余老范儿，我能匆匆忙得个奖，居委会也业绩得分，各有所需，皆大欢喜。呵呵，好玩，好乐！

我留意着身边的人们，渐渐地加入了居民跳排舞的行列，小区里跳，街道里跳，向真新街道的"文艺圈"靠拢、靠拢。如愿以偿，慢慢的参与到街道合唱团里啦……

我爱合唱

［写作于 2015 年 2 月］

一

又要搬家了，我宣布：我有生之年再不搬家了，太累人！太麻烦！其实，心里还有实话：好不容易有了唱歌的圈子，又硬是给拆了！当然，这个时候不可违的现实是：家里老老少少坚持一定得换个地方，一定得蛰伏静养我的命！

换个地方又能如何？咱不怕！只要能缓过这口气来，只要能自如地走在阳光下，我就不能没歌唱！既然搬了，就得寻找组织配搭档。于是，鼎秀社区是我家，逸香苑里张罗忙，比比划划又露相……代表社区多次参加嘉定区真新街道文化活动，携手社区居民排歌舞、说快板、练朗诵，自己也上台放歌《唐古拉》，自编歌伴舞《红旗飘飘》，满台飞扬。物业公司闻声点名邀请我去指导，指挥他们排练合唱、参加嘉定区的系统汇演。VIP 待遇宽绰大气，车接车送真爽！

经社区干部引荐，我知道真新有个合唱团，真新有个声乐启蒙班。噢，我去，那我得去！先是进启蒙班，老师传授美声原理和基础训练，课堂里坐满阿姨妈妈叔叔大爷。每次教完新歌，老师问：哪位同学上来示范一遍？大家面面相觑，无人应声。我着急呀，怕老师辛苦教授无结果，一定会难受，就忍不住要举手，要上去唱个八九不离十的。老师再给我一些规矩规则，长进自然更快啦！过了一段时间，听老师一声召唤，我就进入了新韵合唱团，那非常激动、特别开心哦！因为我的爱好找到了娘家，有了依托，有了更多的歌友相互提携；有了舞台，共同欢乐。呵呵呵……

哦！合唱的时刻太让我陶醉了，自己唱和大家唱竟然还有那么多区别，美声发音竟然含有很多技巧！但我不怵，努力学习，虚心；努力适应，融合！假以时日，曲谱发到手，认一认——哼出调；歌词看一看——意境到。老师台上指挥，心动声动，声动情动！歌声澎湃处，自身如同一柱水，自声如同一空灵，跳跃、幻化……"业余水平"？不怕，咱努力！别人抑或为消遣，我为灵魂有寄托！

新韵合唱团每年有无数次的排练、磨合，无数次大大小小的演出；出入区级、市级艺术殿堂，参加一回又一回比赛。团队里有专业指导老师、专业指挥，大家不断探索、学习、实践，整体合唱水平在提升，并且不断超越自己。在这个集体里，夕阳年华中的我们充分享受艺术，经常有进步。街道领导不断给予鼓励和支持，积极地架设平台，让我们不断地演练，筹措着添置新装，展现风姿——夕阳当红真荣耀！

坎坷他乡、蹉跎人生之后，想不到我在这方合唱沃土上得到了一次又一次生命的闪光，我感动那一场场，感慨那一幕幕！

二

噢，我爱歌唱！噢，我爱合唱！纵有命运千折百廻，纵有生命若即若离，我兜兜转转不能离开"哆瑞咪法"！心动心念，魂牵梦萦想歌唱！

我认定——对于我，除了必要的药物治疗，坚持纵情歌唱，一定是抒发感受、畅通情怀的最科学的途径！可以有效地调动体内那些别的体能锻炼难以达到的有形部位，扩展人体重要的气息 .，增强意念，.昂扬精神。气血通畅、意气风发，何尝不是众多养生方式努力要达到目标？！歌曲节奏和歌词的华美，何尝不是滋润心态、激昂情绪的最佳催动？！放眼阳光下，合唱的歌声处处飘荡；眺望舞台上，老年合唱夕阳烂漫。我——一个从小喜欢唱歌的返沪老太太，合唱团就是我心里的娘家，就是我心里的组织，就是我心里的寄托！

我，喜—欢！

三

刚刚过去的 2014 年里，我们团队携一首高难的曲目《茉莉花》，还有一首咱沪地音乐专家原创的《听蜀僧俊弹琴》，参加了第四届上海市无伴奏合唱比赛。老师们努力，团员们努力，每一天努力，追求的是每个音符精准、每个咬字精准。噢，初赛，我们闯过了；噢，复赛，我们闯过了；我们最终登上了决赛的舞台……

第四届上海无伴奏合唱比赛

哦，太享受这个过程，太感动这个过程了！在这一次次比赛、一次次学习中，我们团队得到锤炼，升华了！

我也得益匪浅，有合唱的点滴心得 真想即时与歌友们一起分享：

一、新作品在手，先看歌词理解意境，再读歌谱熟悉调性……；

二、遵从指挥对歌曲走向的立意，服从指挥对歌曲的二度创作，听从指挥的调控处理，正确体现指挥的全部意图……；

三、进入排练后，千万注意节奏，注意歌谱上的符号要求；控制音层及出口音符的精准；严格发声方法和咬字吐字的准确性，注意本音不冒、与队友融合无痕……；

四、作品熟练后，推敲歌词文字的抑扬顿挫，体味作品展现的文学意韵，沉浸其中，用身心去演绎……；

五、演唱时，把所有发声约束在作品的节律和音域的衡定通道内。激昂时把握声音尺度，低缓时控制气息稳定，始终行进在通道里，一气呵成作品……；

六、放歌时，永远想着自己是一滴水，永远是随着整个团队起起伏伏，奔涌着，流淌着，只有团队无个人……。

我愿意在紧张备战时，播放一款舒缓乐曲送给大家：

特别喜欢的一集音乐，特别期待着一起分享：

放松心情，聆听经典；抛下烦扰，体味意境；

似泣若诉，如诗如歌；音乐无界，曲曲入脉；
乐理相同，情感相通；安宁有约，平和稳定；
幽香茉莉，琴瑟僧侣；吟唱哼鸣，字字珠玑；
抑扬钝锉，嗦喇嘻荡；置身歌中，心旌悠荡；
多日磨砺，终见天光；巅峰在望，歌友奋力；
同心拨弦，不日绽放！……，……

四

我爱合唱，因为参加合唱的是一群志同道合的朋友，是一同冲锋陷阵的战友。在这个集体中，我感受温暖，感受友情，感受团队的力量。通过团队，经常感受祖国跳动的脉搏。

我爱合唱，因为在合唱团我看到新的天地和我的不够，催促我学习、更新；夕阳年华找到前进方向，找到自己的位置。

排练间隙，在歌队微信群里，我会坦诚地说："临到参加决赛前一刻，我一贯的秉性——爱说话，这不，没忍住，又要斗胆说两句啦：咱团已经努力攀登到前所未有的高点上，多少心血啊，多不容易，大家多珍惜！在参赛的歌曲中，特别敏感的几处节点上，个别同学如果觉得自己不在握、没把握，就委屈着轻点发声，以成全整个团队的声线、音准、节奏、位置情绪，这是不失为尊重全体同学努力的美德和境界！时间太宝贵了，让团队在有限时间里把整个曲目再精雕细琢些；咱们牢记老师们的指导要求，巩固已经演绎到位的章节，在轻松熟练、成竹在胸的状态中，登上巅峰之战的舞台，发挥最佳精神面貌、最高歌唱水平！咱们的指挥、女领、团长都不差；我们也努力了，能第八？第七……？我们不遗憾，我们无愧疚！是吗，对吗，肯吗，能吗……"

我自诩为其中一份子，一直战战兢兢、认认真真、仔仔细细，完完整整地遵循老师的指导在排演，唱着、练着，我很享受团队，很享受歌唱，不敢损伤她，不敢亵渎她！只要对团队有利有助的举动，我都愿意去成全、去完善！

"第四届上海市无伴奏合唱比赛"的决赛落幕，我团最终没能问鼎金奖。我安慰赛后伙伴们，口吻轻松，尽力调侃：前苏联的战争剧情片《这里的黎明静悄悄》……现在，我们没有能摘得金奖，也没啥，真的没啥！能跻身上海无伴奏顶级赛场，于我、于我们都是前所未经的！谢谢王指、李领、沈团的不懈付出，我们遇到的参赛团队，都是实力强劲、久战赛场的优秀团队，同场较量恰恰是给他们于危机和鞭策……。咱整个参与过程令人享受，教人进步，同样是收获颇多，感慨颇深！咱真有能量，值得大大地骄傲！！

我还拿自己说事儿，我用自己垫底儿。最后我说，老师们再多理论的传授，最终需要归属于个体实践中的领悟；基础的扎实度，临场的掌控度，都是要在排练中虚心学习，敢于露怯，勇于改正！我想唱歌，我爱合唱，必经得起磨练，必担得起蹉跎！

是的，我以我爱合唱而窃喜；我以我能跻身真新而窃喜；我以我是新韵合唱团的一员而窃喜！

是的，每次团队活动结束还没到家，自己已经在等待下一次的聚合；每次演出比赛刚刚卸装，心里就开始惦记下一轮的容光焕发、纵情歌唱！

是的，就不愿意听到延迟活动日期，不愿意听到放假休息；那样的话，每每都是度日如年，天天算计，恨不能日日听伴奏，天天把歌唱！

其实，其实我这个年龄段的人应该宠辱不惊了，应该百事淡然了。而我，不提合唱能不惊、能淡然！只要那音乐奏起沁人心脾的妙曼，只要那和声响起跌宕起伏的澎湃，其他全都黯然失色，如草芥；唯此为尊，唯此为大啦！

在学习合唱、参与合唱的过程中，我深切地感悟：合唱是歌曲作者灵魂的畅想；合唱，是激情歌者灵魂的绽放；合唱是社会和谐的最适合的体现方式；合唱是老年群体最适合的生命交响。

五

我常常设想，怎么把我多年来点点滴滴的文字集拢成册；把我对生活、对工作，以及在学习合唱过程中取得成绩的经验与不足，都告诉朋友告诉后人。还设想着怎么展示一位平凡女性乐观向上、坚韧不拔的存在状态，展示顽强抗争和对美好生命的不懈追随！

我常常默默的盘点我生命行走的收获，我想说，命运给予我太多的财富：我的爱人、我的儿子、我的儿媳、我的一对宝贝孙子、我的温馨和谐的家。我想说，命运赋予我太多的恩惠：喜欢唱歌——它就让我拥有与生俱来的对音乐的亲近；喜欢文字——它就让我拥有情不自禁地冲动和记录；喜欢表达——它就让我拥有对身边的人们毫不扭捏的沟通和交往。

我常常想说：我的孩子们，我名下没有值得夸耀的存款，我名下没有独立的房产和古玩，我的全部心血、全部获取都融于身边一切物象和景态中！但是，我要将我的感悟留给我的孩子们，那就是：人生一场，不刻意追求轰轰烈烈，只努力做好你自己应该做的事情，不怕艰难困苦，不惧身心受伤，目标一个——体现生存价值，尽到角色责任，完成人生使命；回望走过的路程时，不后悔，不黯然，坦荡荡，无怨无憾！

我有一丝念头常常久挥不散：我想把我最爱唱的若干首歌曲录刻成碟片，在我翩然离开尘世那一步三回头的送别仪式上，就用我的歌声向人们诀别，陪伴自己西往，这应该是我的一个很理想、很完满的人生句号！

可以吗？有资格吗？能行吗？有反对的吗？……

附:

我学合唱自律点点滴滴

[写作于 2015 年 1 月]

合唱许多点，学着说一点；
心境神圣点，情感投入点。
读谱精准点，词意理解点；
声道打开点，声音控制点。
高音抛远点，低声托住点；
位置靠后点，发声圆润点。
音色空灵点，横隔撑足点；
吐字讲究点，气息绵延点。
出口音准点，滑音杜绝点；
节奏卡住点，时值饱满点。
相互听着点，声部平衡点；
个声融入点，和声共鸣点。
眼神正视点，表情柔和点；
声情并茂点，作派专业点。
功夫多下点，层面又高点；
理念扎实点，张口记着点；
实践努力点，舞台更高点。

我与新韵合唱团有个约会

[写作于 2015 年 4 月]

缘分，它其实是一种很奇妙的心境，一旦郑重地冠上了，便一定伴我生命、随我生活，一直，一直，一直……

2007 年我们举家搬迁，来到这个真新街道所属的逸香苑小区。因为这里紧靠着四通八达的外环干线；因为它有成熟的生活环境和商业设置；因为周围鳞次栉比的现代化高层住宅，它吸引了我。

好多年了，真新街道让人们感受到它每一年每一天都在向繁华和昌盛行进着，在向安居与和谐变幻着！它五彩绚烂的丰满羽翼，便是如火如荼的市民文化活动：有琴棋书画的施展，有沪腔越调的张扬，有剑拳刀枪，更有蜚声沪上的新韵合唱团高亢歌声，精彩纷呈，旋律飞扬！

我爱歌唱。迁居的尘埃刚刚落定，便寻找所属居委会，毛遂自荐，积极参与到社区的群文活动中。恰巧有这个机会，老师青睐，让我参加街道声乐班，进行学习训练。经过老师一番精心的专业调教，老师一声召唤，我便进入新韵合唱团。

新韵合唱团与真新街道几乎同龄。街道鼎力扶持，合唱团茁壮成长，不断成熟、完善、提高。组建多年，虽然任课老师来来往往，男女团员出出进进，但是始终积极地引领着整个街道的社区文化活动。它有永恒的宗旨：歌颂祖国，弘扬正气；提高群文，和谐真新！因此，新韵合唱团就像是一条条涌动在真新土地上的百沟千渠，流淌到哪里都是一道亮丽的风景；列队在哪里都是一曲响亮的赞歌。

我有幸。进入合唱团不久，就看到街道领导班子倾全力关注支持，让合唱团有序展开，广纳精英，迎来敬业的指挥老师常驻；迎来专业的声乐老师常驻，迎来顶级的钢琴伴奏常驻……形成的一个强有力的组织架构，正带领一群酷爱音乐的阿姨妈妈叔叔爷爷们，歌唱，歌唱，歌唱！这一切都向人们预示：更宽广的歌唱舞台在不远处，正冲着我们招手，招手！

我有幸。能亲历新韵合唱团组建以来，最令人鼓舞的一段传奇：群情激昂的团队面貌；积极向上的团队精神；精益求精的歌曲练唱；不断提升的合唱技术。每周雷打不动的歌曲排练；迎赛前激昂亢奋的加班加点。亲历着这社区演出、区级比赛、市级放歌！亲历着这一场高于一场的演出；亲历着这一台大于一台的比赛；亲历着那霓裳羽衣间，镁光闪烁下，掌声雷动中！

我有幸。在合唱团，我学习懂得了合唱与自唱的区别；学习养成了收敛自我，融入共我；学习懂得了独声、和声那天差地别的灵魂震撼！学会了领悟指挥，学会了不同音符珐的升降还原；学会了发声位置，学会了头腔腹腔的声响共鸣……哦！一个小小的我，一个世纪末回沪创业立家的老知青，一个历经生活磨砺后依旧追逐快乐的夕阳老太，在真新、在新韵，有着这样的进步、这样的展示，我开心！

我与唱歌是缘分，一直喜欢，一直游走在音乐与歌声的美好里；

我与新韵是缘分，因为团队演唱有高质量的提高，置身在不停的荣耀、不停享受的生活常态里……哦，我爱真新，我约会新韵！我爱音乐，我约会合唱，我爱这一切，爱这所有。

这缘分，可遇不可求；这缘分，将陪伴着我，一直，一直，一直……

南浔合唱集训有感

[写于 2014 年 9 月]

　　早有传闻，说浙江南浔有中国第一老年城，由久安公益集团创建，它具备了养老的各项主要条件，硬件、软件一应俱全，服务周到。几番欲步，都未如愿。不想在真新街道新韵合唱团引领下，竟然成行了！整整三天的南浔合唱集训，我们在歌声中启程，在歌声中归来。难得南浔之巡；难忘南浔之寻。

　　说难得，一群夕阳正红的叔叔阿姨——一个非专业的合唱团队，能在不断地磨砺中，一步一台阶地向精品演绎方向迈进。老师专业辛勤，团员刻苦努力，几多坚持，卓见成效！

　　说难得，真新街道的领导鼎力提携，倾心培植，常年不懈，为迎接又一场迫

合唱团排练

在眉睫的市级赛事，促成了这次欢乐之行，苦练之行，收获之行。

三天里，女士绰约。排练舞台上，专注的灯光映衬着她们端庄的脸庞，切磋着"哆、瑞、咪"，纠错"法、梢、啦"，变调——音阶——段落——反复再反复地推敲。

三天里，男士铿锵。排练舞台下，晨练天天，催开了扇扇窗棂，催醒了间间客房；暮吟不歇，走遍"千翁宾馆"的前庭后院、条条回廊！

"茉莉袭香不离手，钟鼓余音不离口"。初检成果那一刻，全曲完满终了！所有的音符完美体现，应该赋予的情感一丝不苟，歌曲应呈现的风采淋漓尽致……。那一刻，全场感动，全体歌者热泪盈眶！指挥老师满意，含笑微嗔，叔叔阿姨欢欣雀跃！噢，喜欢合唱的人们，无悔无怨的人们！这一刻，没有你、我、他、她，只有我们、我们、我们。

说难忘：连日的沥沥秋雨一定是听到这集训成功的消息，才一霎间收声敛气，卷起了水幕；南浔的天空才逐渐清澈，终于露出了湛蓝，露出了灿烂的阳光！这阳光，照耀在团员们每一张笑脸上；这阳光，铺满在南浔古镇每一道风景线。

噢，南浔，封闭集训多日，不曾想我们一直就置身风景里！小趋几步，登船逐流，两岸秀色，游人如织。稍迈几脚，循入古迹，气氛恍如隔世；那厚重、那古朴、那精致，不禁令人深吸一口气，神情油然地庄严！进入那座张家大院，高过房脊的围墙气势磅礴。古宅深深，厅堂过廊迷宫一般！南浔人财富积累的彰显，也随处可见，有深邃奢华，有众屋错落。满眼是南浔人精湛的木刻、木雕。踏步青石小道，手抚雕梁画柱，穿行大小牌楼，聆听沧桑感十足的解说，观赏字字珠玑的牌匾，百余年的历史在眼前掠过，不由得令人摒声息气，恍惚间，任由一抹错觉在时光隧道里徜徉。

合唱团排练

驻足在"得诸社会，还诸社会"的大字面前，感慨颇多。南浔先人们早已树立了为人之道的楷模形象，告诫人们"以孝为亲，以诚待人，以信为本，以忍处世"。这是中国传统道德文化的精髓，知礼守信、宽容感恩，一脉相承。倘若每个人现在都记着"俭，德之共也；侈，

抗战胜利 70 周年大合唱

恶之大也"；倘若每个人现在都念着"知礼义廉耻"，行事正大光明；正气浩荡，那么社会精神面貌一定会越来越向上，国运昌盛、民族昌盛，指日可待。

　　终于，依依不舍、意犹未尽的人们要返程了，车启动了。

　　回头望去，南浔犹如一尊被岁月精心雕凿的巨大盆景，一个角度一道风景，一声惊叹！南浔还是一部翻开的近代史诗，页页活色生香，观之得益匪浅，爱不释手，且读且迷！南浔更像一个滋养歌喉的天然音乐厅，那里流淌着我们的欢歌，盛开着我们的茉莉花，萦绕着我们的鼓乐钟声……

　　再见，南浔！

唱响常熟

［写作于 2015 年 6 月］

　　"隆力奇"，一个中国大地上响当当的集团称号；一个赞助了央视青歌赛，资助了中国游泳队世界杯，援建了诸多利国利民社会设施的著名大型企业，2015年又启动了一桩繁荣文艺、和谐社会的大型项目——"隆力奇百团合唱文艺交流"的展演活动！

　　非常荣幸，我们新韵合唱团因为近年来在艺术上的飞跃，近年来连番享誉沪上歌坛，近年来诸多赛事的出色战绩，接到了活动组委会的盛情相邀。我们新韵合唱团全体人员于 6 月 3 日激情前往！参与了这一次企业与文化的携手，参与了这一场企业文化和合唱交流的盛会！

　　心情和车轮一样的欢快顺畅。上海、常熟，原来不过百十公里之遥，快捷无距！从出发，到抵达，原来不过谈笑之间，近在咫尺！噢，到了！隆力奇生物科技工业园——"江南鱼米之乡"盛誉下，庞大壮观的霸主企业占地一方。噢，到了！"隆力奇全球研发中心"。硕大的集团会议礼堂，排场了得！我们看到流线型棚顶上那高端的设计——整片的顶面镶嵌着条形的蓝天，管柱密布，晶莹剔透，垂挂错落有致；我们看到宽敞的舞台上，LED 超大屏幕缤纷闪烁、摄人心魄；我们还看到矜持高雅的三角钢琴，翻板高翘，傲然一侧……呵呵，喜欢！虽然一虽然我们团队经历过很多炫丽舞台，不陌生很多豪华感觉，但是一个企业具备这样的场地和阵容，不由得让团员们肃然起敬，由衷赞叹："真好！"

　　稍事安顿，交流演出即将开始。集团董事长徐之伟健步上台，一番热情洋溢的开场致词，使全场气氛掀起了第一波热浪："安度晚年的传统理念，应该通过参与社会交流，参与合唱活动，演变为乐度晚年的崭新观念。隆力奇集团愿意为

演出后，参观隆力奇生物科技园留影

这一个阳光演变，奉献出一份厚重的心意……！"

随着靓丽的女主持一声响亮悦耳的报幕，我们新韵合唱团登上舞台，昂首挺胸，齐刷刷地排列在阶梯上，个个从容淡定。我们的指挥沉稳庄重，潇洒站立于指挥席上，淡定从容！手起琴响，歌声流淌。和声空灵，字句清晰，抑扬顿挫，温婉高亢。精湛的领唱无可挑剔，妙如百灵，美似天籁，全场聆听如痴如醉！我们演唱的古诗新曲《阳关三叠》，如泣如诉，优美动人；抗战名曲《太行山上》，气贯长虹，铿锵壮美。我们歌队，全体精神抖擞，倾力演绎，完美地将曲目所有要求都展现得淋漓尽致。一曲终了，全场掌声雷动；再一曲终了，全场欢呼的热浪，一而再，再而三……

噢！合唱又一次震撼着我们歌者的心灵！我们热爱合唱，我们享受合唱！站在合唱的队伍里，每个人很渺小，身有形而声无痕。在指挥的艺术指导和精心处理下，高度和声、精度演唱，如同一款五彩斑斓的功放音箱，完全是一个共性的集体作用，一个完美的整体绽放！

合唱——歌曲作者灵魂的呐喊和释放；合唱——每位歌者心灵的倾诉和激昂；合唱——和谐社会里光彩夺目的一道风景；合唱——乐度晚年的一曲生命交响！合唱是永远的群艺舞台，永远的不谢帷幕！

隆力奇百团合唱文艺交流展演活动中，我们的参与交流演出获得极大成功，振奋！隆力奇提倡的乐度晚年的理念，我们身体力行。放歌舞台，夕阳正红——永久！

一次满载而归的合唱展演结束了，一天日程满满的欢乐结束了。向前看，还有很多舞台在等着我们，还有很多艺术攀登在召唤我们！在真新街道领导班子的鼎力扶持下，在团队各位老师的倾心培育下，真新新韵合唱团一定不断有新高度，继续享誉上海合唱圣坛！

我们骄傲，我们与团队一起成长！我们振奋，我们与团队一起进步！我们高歌，我们与团队一起走向更大、更宽广的舞台！

走进校园——参加上海大学第十三届菊文化节

附：

贺真新新韵合唱团决赛获殊荣

[写作于 2015 年 6 月 28 日]

2015 年 6 月 26 日晚，真新新韵合唱团参加了上海市百团合唱决赛。在 63 支参赛的老年精英合唱团队中，一举夺得第十四名，可喜可赞！难耐激动，落笔为贺！

沪地歌坛盛事一桩桩，百团竞技今朝一场场。

新韵有幸跻身一线前，致力合唱全团一股劲！

组委大师号角一吹响，神采飞扬奔去一路畅。

歌队昂首台上一站定，沈团款款上前一席言；

王指潇洒登台一挥舞，李导天籁之音一飘扬！

七位评委闻听一激凌，大众评审只剩一点头。

太行山上怒吼一阵阵，阳关三叠送行一程程；

情感跌宕起伏一波波，歌者闻者激情一幕幕；

全场观众陶醉一片片，城市剧场掌声一浪浪！

倾心尽力打造一曲曲，走出赛场漫天一闪闪；

赛事落幕评委一算计：新韵高昂岂止一节节！

助推进榜名次一字首，喜讯瞬间传递一点通。

全体沸腾微群一团忙，目不暇接贺词一段段。

赛号十四列位一十四！传奇巧合神助一干人；

排除干扰苦练一二三，群策群力细磨四五六；

建团一十五载磨一剑，而今舞动歌坛光闪闪。

醉心合唱欲罢情不忍，挺进巅峰纵情在今朝！

神圣合唱召唤百千万，新韵终获放歌无极限！

注：真新新韵合唱团

指挥：王自立　　团长：沈其莲　　声乐指导：李红

上台前留影

参加友好交流演出

后记

虞绮莲

终于我几十年来的心路历程，几十年来的文字记录，终于有了这一次认真的整理和回顾，思绪在激荡，思想飘向过往的时空……

这首先要感谢茂晶实业有限公司的策划和参与，支持了书稿的正式出版，感谢出版社马立群老师的专业指导；感谢交通大学夏吉民老师耐心指引和鼓励，感谢《现代家庭》编辑部王慧兰老师的慧眼识人；感谢我身边的每一位尊敬的师长和朋友。大家从各个方面给予了非常热情的支持，才促使我能整理很多年来的积累的记录文字，走到了今天。

这些反映我成长过程的生活碎片和心绪，清晰地展示了我的人生、人性发展的脉络，最终又蒙上海三联书店厚爱，付梓出版！我由衷感慨。有此机遇，今生足矣！

我很惭愧。

惭愧的是当年我以69届的初中毕业生身份，投身于上山下乡洪流中，不学无术，再造无望，浅薄一生；

惭愧的是因为祖上的家庭成分，当初红卫兵不要我，后来共青团不收我，党支部没考虑我，尽管自己觉得忠诚可靠，至今仍然白丁一个；惭愧的是我的性

我与马立群、夏吉民、钱兵三位老师的合影

格爽朗不羁，心高自傲，常常承受周遭各色人等的疑惑戒备；朋友很多，褒贬不少。

我自小喜欢文字，喜爱文学艺术，喜欢遐想，喜欢记录。星星点点的文字写给自己看；断断续续的文字排解心里的烦闷。我自己评判是非，自己选择和肯定人生的价值。几十年来，宁可安静地看书写字，宁可被人冠以清高，记录自己便成了一种习惯，成了一种需求！经常，身边正在进行时的事情，我默默地看着，脑子里就会不由自主地想着怎么用文字来描述眼前的一切！真的，我很喜欢！也因此很享受。

然而，可惜的是很多的记载在过去几十年的颠沛迁徙中失落了，找寻无望！但怎么也没有想到有朝一日——就是现在，竟然有机会将这些、那些的文字收集起来、整理出来，有机会结识了好多尊敬的老师，赢得赞赏认同的目光，有机会确立了一个心灵的标识——给自己，给朋友，给后代，留下一抹我生命行走的印记！

文字记录，犹如投入一个事先毫不知晓的五味瓶——事情欢快的，我畅然；经历蹉跎的，我唏嘘！

在文字集合的敲击过程中，经常回首、回味，常常窃笑，常常不敢认识这就是自己；又几番落泪，几番悲痛欲绝，不能自已……！

我的整理，忠实自己的原来。这样的整理，竟然看到一个从几十年蹉跎岁月中走过来的、面目比较齐全的我。希腊古城特尔斐的阿波罗神殿墙上刻有一句箴言：γνωθι σεαυτόν（"人啊，认识你自己"）。18世纪德国最伟大的诗人和哲学家歌德不无讥诮地说："认识自己？！我要是认识了自己的话，我可能早就逃跑了。"我看到了自己几十年构成的面目，也许还够不上认识。但我没逃跑！以前没逃跑，今后也决不退缩！因为，我热爱生命，热爱生活，热爱亲人和朋友；因为，认识了自己，才能活得更好；认识了自己，才会懂得珍惜；认识了自己，才会与自然相处；认识了自己，才能更好地生活。

是的，我这个年岁经历了"文化大革命"，经历了上山下乡，经历了创业和家园的建立，经历了与病魔的残酷搏斗，经历了夕阳正红……　而正是我所躲不过、逃不脱的一场场生活经历，磨砺出我坚强的不羁个性，锤炼出我十足的精神韧劲，铸成了我生命行走的一幕又一幕。

今天有幸将这些文字集结成书，书名定为《不想温柔》，原因也正在于此。扪心自问：身为女性，谁人不盼自己颜如妲己，谁人不望自己温柔似水，可当初是生活和现实的所迫，我不能如花娇羞，我不能温柔似水，我只能勇敢面对！——"不想温柔"这4个字跳跃眼前，它携着一丝丝隐隐的霸气、一点点深深的无奈，自己看着、看着，也感慨，也有点激动！

我把认识写成这本书，以此奉献给关爱我的亲人，战友，老师，朋友；奉献给曾经与我有过同样的惨烈挣扎的姐妹们！奉献给生我养我，赋予我社会保障，给于我老有所养、老有所乐的我的故乡—上海。

噢，有了这一次的实践，我这颗不安分的心又在构想：倘若生命犹在，倘若神智尚清，我还将继续我的文笔记录。或许，我第二本《生命的旅途》正要启程……

"我以我血荐轩辕"，我愿意用我生命的行走，铺就坦途正道给后人，继续前行无尽头！洒一路正气大歌送朋友，蓬勃向上绘人生！

虞绮莲

2015 年 10 月

行走的足迹

1969.07　　上海市江宁中学初中毕业；

1970.05　　离开上海，奔赴黑龙江建设兵团；

1975.11　　兵团组织我们上大兴安岭采伐木材；

1976.07　　与李金石在齐齐哈尔登记结婚；

1976.11　　调离兵团，插队落户于市郊雅尔赛公社；

1977.02　　齐齐哈尔市水泥制品厂招工，进厂当工人；

1977.05　　南北双方举行婚礼，我们正式安家立业；

1978.08　　调回齐齐哈尔市区，在市第二建筑工程公司当工人；

1989.08　　转入齐齐哈尔日杂公司；

1996.05　　停薪留职，回上海打工；

1996.12　　赴福建南安，与朋友合伙餐饮业；

1998.05　　回上海自主创业，先经营快餐，后从事木炭运销；

2004.01　　办理正式退休手续，每月劳保工资238元；

2006.05　　与病魔殊死搏斗，全部自费；

2009.01　　户口迁回上海，户籍落在妹妹家；

2009.09　　开始享受医保……

2010.05　　进入真新街道新韵合唱团；

2013.01　　第二次与病魔殊死搏斗……

2014.01　　回归合唱团，欢乐至今……

图书在版编目（CIP）数据

不想温柔/虞绮莲著. ——上海：上海三联书店，
2016.4
ISBN 978-7-5426-5516-5

I. ①不… II. ①虞… III. ①随笔—作品集—中国—
当代 IV. ①I267.1

中国版本图书馆CIP数据核字（2016）第039052号

不想温柔

编　　著/虞绮莲
责任编辑/黄　韬
特约编辑/马立群
装帧设计/魏翠连
监　　制/李　敏
责任校对/陈　琪
出版发行/上海三联书店
　　　　　(201199)上海市都市路4855号2座10楼
邮购电话/021-22895559
印　　刷/上海丽佳制版印刷有限公司
版　　次/2016年4月第1版
印　　次/2016年4月第1次印刷
开　　本/787×1092　1/18
字　　数/110千字
印　　张/10.5
书　　号/ISBN 978-7-5426-5516-5/I·1115
定　　价：52.00元

敬启读者，如有质量问题，请与印刷厂质量科联系T：021—64855582